しくじり家族

五十嵐大
Dai Igarashi

CCCメディアハウス

しくじり家族

装幀　國枝達也
イラスト　大橋裕之

Prologue

ぼくの家族

祖父の喪服

生まれて初めて参列した葬儀は、祖父のそれだった。しかも、ぼくが喪主を務めなければならない。突然のことで準備が間に合わなかったぼくは、祖父の箪笥《たんす》に仕舞われていた彼の喪服を借りることにした。

祖父は大酒飲みででっぷりしたビール腹をしていたため、ズボンのウエストがぼくには合わない。ベルトをギュッと締めても、ずり落ちてきそうになる。ジャケットの前立《まえた》てはダブル。袖を通して鏡の前に立ってみると、ぶかぶかの制服を身にまとった新入生のような男がひとり映っていた。

まったく哀しくなんてなかった。近しい人を亡くしたときにどうやって涙を流せばいいのか。その方法がわからなかった。

＊＊＊

二〇一〇年の夏のことだった。

東京は吉祥寺にある小さな印刷会社で働いていたぼくの元に、一本の知らせが届いた。
いつまでも震え続ける携帯電話のディスプレイには「佐知子」と表示されていた。伯母——母の一番目の姉——の名前だ。ややこしい家族や親戚のなかで、彼女は比較的ぼくと馬が合う。〝電話をかけること〟ができない両親に代わって、時折、ぼくに電話をくれることがあった。

そのときは仕事中だったので応対することができず、無視をした。
再び携帯電話が震えだす。

なにかあったのだろうか。胸の内が少しだけ騒がしくなる。友人からの連絡であればそのままスルーできるものの、このときばかりはそうもいかなかった。ぼくはこっそり電話に出てみた。

「急にごめんね。あのね、おじいちゃん、危篤なの」

こちらを動揺させまいとするように、電話の向こうで、佐知子がゆっくり話すのがわかった。しばし沈黙した後、ぼくはため息交じりで呟いた。

「そうなんだ」

「どうしてそんなことに」と慌てるほど心の準備ができていなかったわけでもないし、言葉を失って泣き出すほど祖父に思い入れがあるわけでもなかった。祖父が亡くなるかもしれないという事実を、ただそのまま受け止めた。だから、「そうなんだ」としか言えなかったのだ。むしろ、どうしてぼくに連絡してくるのだろう、とさえ感じていた。

「で、どうすればいいの」

思いがけず漏れてしまった冷たい言葉に、我ながら驚く。

そんなぼくをたしなめながら、佐知子は続けた。

「決まってるでしょう。今日中に、できればいますぐこっちに帰ってきなさい」

Prologue
ぼくの家族

抱えていた仕事を簡単に引き継ぎ、会社からそのまま東京駅へ向かい、東北新幹線に乗り込む頃には日が暮れていた。

平日だったこともあり、車内はそこまで混雑していない。指定席のシートに腰を下ろすと、アナウンスとともに新幹線が動き出した。

夕方の車内には出張帰りらしき会社員や、親子連れなどがまばらに座っており、どこからともなくお弁当の匂いが漂ってきた。

食事するならいまがチャンスだなと思ったけれど、なんだか食欲が湧かない。ホームの売店で適当に買った缶チューハイを流し込みながら、窓の外に目をやる。

猛スピードで流れていく風景は、確実に一日の終わりへと向かっていた。

でも、ぼくの一日はまだまだ終わらない。

ひどく憂鬱な気分になった。

〝ふつうではない〟家族

ぼくは東北にある小さな港町で、少し〝ややこしい〟家族に囲まれて育った。
両親はふたりとも耳が聴こえない聴覚障害者、祖母はある宗教の熱心な信者、祖父は元ヤクザの暴れん坊、加えて、母のふたりの姉である伯母たちもそれぞれに強烈な癖を持つ人たちだった。

幼い頃のぼくにとって、その環境が〝ふつう〟だった。
それが〝ふつうではない〟ことに気づくのに、時間はかからなかった。

これは田舎によくあることだと思うけれど、ぼくの住んでいた街では、隣近所の家庭環境が筒抜けになっていた。噂はあっという間に知れ渡っていく。必然的に、ぼくの家族が抱えている問題も、知らない家庭の話のネタにされてしまうのだ。

両親が障害者で、祖母は宗教にハマっていて、祖父は元ヤクザ。

どれひとつとっても、センセーショナルなドラマや映画の設定に使えそうだ。それがフルで揃っている家庭は、さぞかし面白いものだっただろう。
そんな家庭で育ったぼくに向けられるのは、いつだって「可哀想な子ども」というまなざしだった。

道を歩けば、近所の大人たちから声をかけられることも珍しくない。

「頑張っていて、偉いね。大変じゃない?」
「あなたも宗教やってるの?」
「昨日、騒がしかったけど、おじいちゃん大丈夫?」

いまとなっては考えられないけれど、当時はそのように他人の家庭に踏み込んだ発言をする大人たちがたくさんいた。そのたび、ぼくは「大丈夫です」と笑って誤魔化す。でも、全然大丈夫じゃなかった。

ぼくを取り囲むのは、家庭内でなにが起きているのか興味津々な人たちばかり。それでいて、誰もぼくを心配なんてしていない。まるでワイドショーでも見るような視線を向けられるたびに、ぼくは自分の置かれている環境が〝ふつうではない〟と思い知らされていった。

放っておいてほしいと何度も願うのに、その願いはどこにも届かない。

家庭内という狭い世界から一歩外に出て、学校という社会との接点を持つ頃には、〝ふつうではない〟が〝おかしい〟に変化していた。

ぼくの家族はおかしい。

だから、そんな環境で育ったぼくも、みんなと違っておかしいんだ。

そして、いつしかぼくは〝ふつう〟を擬態するようになっていた。家族のことを話さなければ、家族のことを知られなければ、ぼくもみんなと同じでいられると思い込んでいたのだ。

けれど、やはり田舎は狭い。

どこに行ったって、居場所は見つからなかった。

その結果、ぼくは二十歳《はたち》を過ぎた頃、家族を捨てるようにして故郷を飛び出した。

東京ならば、誰もぼくのことを知らない。
そこに行けば、人生をやり直せる。
一から〝ふつう〟の人生を歩める。

そんな希望だけをチケット代わりに、ぼくは過去を消去し、自分の人生を上書きするように生きた。唯一、障害のある両親のことだけは気がかりだったけれど、当時は、ぼくはぼくでなんとかやるから、あなたたちもどうにか元気で生きてね、という無責任な気持ちしかなかった。

手に入れた〝ふつう〟

東京に出てきてからの五年間は、ほとんど帰省しなかった。佐知子から「おじいちゃんの具合が良くない」とか「おばあちゃんの認知症が進んでるの」などと連絡をもらっても、絶対に帰ろうとはしなかった。きっと、現実と向き合うのが怖かったのだと思う。

ひとたび家族を前にしてしまえば、せっかく東京で築き上げてきた「〝ふつう〟の人生を歩んでいるぼく」という自覚が崩壊し、あらためてそれが仮初《かりそめ》の姿であることを突きつけられてしまうだろう。

＊＊＊

それなのに、いよいよ祖父が危ないという。

新幹線の車内から見える風景は、ベタッとした黒に塗りつぶされていた。真っ黒に塗り替えられた窓ガラスに、まだなにもしていないのに疲れ切った表情を浮かべたぼくが映っている。

面倒なことになったな。

祖父を心配するでもなく、家族との再会を楽しみにするでもなく、久しぶりの帰省に対して浮かんでくるのはネガティブな感情だけだった。

「まもなく仙台、仙台です」

響き渡るアナウンスを耳にし、ため息をつく。立ち上がり、カバンを持ち上げると、大した荷物も入っていないのにやけに重く感じた。

Contents

※本書に登場する人物はすべて仮名です

Chapter 1

祖父の危篤

故郷、仙台

仙台駅に到着すると、一目散に駅前のタクシープールへと向かった。駅構内を出ると、湿度を含んだじめっとした空気がまとわりついてくる。

久しぶりの帰省。駅前の風景もだいぶ変わっていた。けれど、感傷に浸っている暇はなかった。

すぐにタクシーに乗り込み、祖父が運ばれた病院名を告げる。普段ならばもう閉まっている時間だ。運転手はなにかを察したのか、無言で車を発進させた。

一息つく余裕もなく、佐知子に電話をかけた。コールするとすぐに「大ちゃん」と佐知子の声がした。

「仙台着いたから、いまからそっちに向かうよ。あと十五分くらいだと思う」

「わかった。病院に着いたら電話ちょうだい」

最後に祖父に会ったのはいつだっただろうか。

静かな車内で懸命に記憶を手繰り寄せてみても、思い出せない。まれにふらっと帰省しても、ほとんど会話しなかった。

若い頃はテレビの前で野球中継を見ながらビールをあおっていた祖父も、自室で寝てばかりいるようになっていた。すでに残されていた時間は少なかったのかもしれない。でも、ぼくはそんな祖父のことを見ようともせず、なんとなく大丈夫だろうと思っていたのだ。

いや、無理やりそう思い込もうとしていたのかもしれない。現実を直視するのが怖くて、億劫で、知らないフリをしていたのだ。その結果、最後に会話を交わした記憶も曖昧なまま、祖父は危篤になってしまった。

けれど、驚くほど冷静だった。

後悔の念すらない。

いまぼくが置かれている状況は、一般的に「哀しい」と形容されるものだろう。それなのに、どこを探してみてもそんな感情が見当たらない。淡々と事務作業を処理するような気持ちで、ぼくは病院へと向かっていた。

病院の正門は閉まっているので、運転手にお願いして裏口につけてもらった。降りると、佐知子が煙草を吸って待っていた。

「さっちゃん」

ぼくの姿を認めると、佐知子は咥え煙草のまま手を振った。

いつもは髪の毛をひとつにまとめているのに、今日は下ろしている。傷んだ毛先が赤茶けている。

「大ちゃん、しばらくぶり」

「うん、久しぶり」

「元気にやってた?」

「うん。それより、病室は?」

「まず一服したらいいさ」

こんなときなのに、佐知子はどこか呑気な様子だった。

促されるまま、ぼくも煙草を咥える。佐知子と並んで煙を深く吸うと、なんのためにここまで来たのか忘れてしまいそうだ。佐知子はぼんやりと遠くを見つめていた。視線の先には暗闇しかない。

「あのさ、おじいちゃんって大丈夫なの……？」

ぼくが投げかける質問に、佐知子はゆっくり間を置いてから答えた。

「もういまさら焦っても、仕方ないでしょ」

実の父親が死の淵にいる。佐知子の胸中は複雑だっただろう。それでも、ぼくがここにやって来るまでの間に、彼女はすべてを飲み込んだかのように見えた。化粧っ気のない横顔に、ほんの少しだけ疲労が浮かんでいた。

ふたりでゆっくり一服した後、ぼくは佐知子に続いて病院に足を踏み入れた。ナースステーションの前を通りかかると、看護師と目が合った。「甥っ子が帰ってきてくれたんですよ」と、佐知子が看護師に説明する。眉尻を下げて微笑む看護師に対し、ぼくはなにも言うことができず、ただ会釈するしかなかった。

夜の病院内は薄ら寒かった。虫の声が聞こえてくるほど静かで、薄暗い廊下のところどころで非常灯だけが光っている。こんな時間に病院にいることが初めてで、徐々に鼓動が速まるのを感じた。

ぼくの緊張なんて我関せず、という態度で、佐知子は暗い廊下をぐんぐん進んでいく。廊下の突き当たりにある階段を三階まで上がり、またしても廊下を進むと、明かりが漏れている個室が見えてきた。

病室の一族

「ここがおじいちゃんの部屋」

佐知子が立ち止まった個室のなかからは、シューッシューッという奇妙な機械音と、控えめな話し声が聞こえてきた。

祖父の病状についてはよく知らなかったけれど、「個室に運び込まれた」という事実が諦念を誘う。

ゆっくり扉を開けると、集まっていた家族や親族が声をあげて迎え入れてくれた。

「わざわざよく来たね」

「大ちゃん、ありがとうね」

「ほら、荷物そこに置きなさい」

けれど、ぼくは一人ひとりに挨拶を返すことも忘れ、呆然と立ち尽くしていた。目の前のベッドに横たわっていたのは、見知らぬ老人だった。

いくつもの細長いチューブにつながれ、口元を覆うように呼吸器がつけられている。土気色になった顔は骨と皮だけで、だらしなく開いた口から舌だけを出し、時折、それを苦しそうに動かす。元気な頃の面影はどこにもなく、定期的に痙攣《けいれん》するように体を動かす老人は壊れた玩具のようで不気味だった。

「おじいちゃんに挨拶したら」

佐知子にそう言われるまで、目の前にある、朽ちかけた流木のような老人が祖父だなんて信じることができなかった。毎晩、泥酔するまで酒を飲み、ときには暴れることもあった祖父は、もうどこにもいなかった。

途端に心細くなり、あらためて周囲を見回す。

ベッドサイドには二番目の伯母である由美と、夫の康文、娘の仁美が座っている。そして部屋の隅にはぼくの両親と祖母、佐知子の娘である舞と茜の姿。誰も彼もが憔悴しきっていた。

「おじいちゃん、大ちゃんが来てくれたよ」

由美が祖父に猫なで声で話しかける。けれど、どう見ても、その声は祖父に届いていないようだった。祖父は体をくねらせるようにもがいては、舌を出している。ただひたすらに苦しそうだ。

正直、見ていられない。

「大ちゃん、おじいちゃんに話しかけてあげて」

どうしたらいいのかわからず、突っ立っていたぼくに、由美が声をかける。もともと看護師をしていた由美は、疲れ切っていたものの、誰よりも毅然としているように見えた。アイロンのかかったシャツを着て、背もたれにはもたれずシャンとしていた。隣にいる康文も勤務先からそのまま来たのだろう、ジャケットにネクタイを締めている。

隙がない彼らを見ていると、少しだけ息苦しくなる。

「ほら、大ちゃん」

逡巡した後、そっと祖父に近づいた。横から見下ろす祖父は、想像以上に小さくなっていた。あんなに恰幅がよかったのに、干からびてしまったみたいだ。なにか言おうと思っても、言葉が出てこなかった。そもそも、もう聞こえてすらいないだろうに、ここで声をかけることに意味があるのだろうか。まるで茶番劇みたいじゃないか。

ぼくは黙ったまま祖父の手を握った。ひどく冷たく、乾燥していた。

こうして祖父と手をつなぐのは初めてだった。最初で最後に知った祖父の体温の冷たさに、ぼくはますます言葉を失うばかりだった。

いたたまれず、すぐさま祖父の手を離した。

粗暴なヤクザ者

祖父とのコミュニケーション方法がわからない。

これは祖父が危篤になってしまったからではなく、昔からそうだった。

若い頃にヤクザをしていた祖父は、とても気性が荒く、孫のぼくに対しても暴言を吐いたり、ときには物を投げつけたりするような人だった。

小学生の頃、祖父への反発心を募らせていたぼくは、一度、泥酔した彼と大喧嘩をしたことがある。理由はもう覚えていないけれど、些細なことだったと思う。

火がついてしまった祖父は、台所から包丁を持ち出してきた。殺気だった目とともに、それをぼくに向ける。でも、ぼくは怯みつつも睨み返した。

すると、慌てた父が、ぼくと祖父の間に入った。母や祖母は「やめて！」と叫んでいた。

どれくらい睨み合っていただろうか。祖父は包丁を畳に突き刺すと、その場で胡座をかいた。そして、大声をあげた。

「俺を馬鹿にすんじゃねぇぞ！」

母になだめられ祖父が床に就くと、ぼくは祖母からこっぴどく叱られた。

「おじいちゃんのこと、絶対に怒らせちゃだめなの！　わかった？」

だから、ぼくは、祖父のことがどうしても好きになれなかった。同じ屋根の下に住んでいても、笑顔で会話したことがほとんどない。なんのきっかけで逆鱗《げきりん》に触れてしまうのか、どのタイミングで激昂するのかがわからなかったため、側にいるのが苦痛だったのだ。

おそらく、ぼくがそう感じていることに祖父自身も気づいていただろう。彼から歩み寄ってくるようなこともなかった。

いつの間にか、ぼくと祖父との間には共通言語がなくなっていた。

いまさら祖父にどう話しかけたらいいのか、わからなかった。

「ちょっと、ごめんね」

誰に向けてかわからないけれど、一応断りを入れて、ぼくは祖父の側を離れた。そのまま部屋の隅に座っていた母の側に立つ。
よく見ると、母はぼくが実家に残していったTシャツを着ていた。学生時代に散々着倒して、処分しようとしたら、部屋着にするから頂戴と言われたものだ。柔らかくウェーブした母の髪と、派手なプリントのTシャツがミスマッチで、ここが病室じゃなかったら笑っていたかもしれない。

その目を見つめると、母は弱々しく微笑みながら手を動かした。
——東京からここまで、疲れたでしょう。
——ううん、大丈夫。
こんなときでさえ、母はぼくの心配ばかりする。
——それよりも、おじいちゃん、どうなの?
尋ねてみると、母は「わからないの」と首を振った。

父親が危篤なのに、状況がわからない。そんなことって……と戸惑っていると、隣に座っていた祖母がぼくの服を引っ張った。

「大ちゃん、帰ってきたのか」

「うん。おばあちゃん、ただいま」

祖母の前にしゃがみ込んで挨拶する。その瞳が一瞬さまよったかと思うと、ぼくを捉える。そうしてぼくをあらためて認識すると、祖母はうれしそうに顔を皺くちゃにしてみせた。

ぼくは祖母の手を握りしめ、目をじっと見つめて訊いた。

「おばあちゃん、おじいちゃんの具合、どうなの?」

「おじいちゃん……。大丈夫よ」

どう考えても、大丈夫な状況ではなかった。でも、母も祖母も、この事態をうまく理解できていないみたいだった。

背後から由美の声がした。

「おじいちゃんね、明日までもつかどうかギリギリなんだって」

「そうなんだ……」

「でも、大ちゃんのお母さんにもおばあちゃんにも、いまさら説明したってしょうがないでしょう。可哀想だし、混乱させてもね」

一体なにが可哀想なのだろう。

これまでずっと一緒に暮らしてきた夫の、父親の置かれている状況を理解できていないことのほうがよほど不幸ではないか。百歩譲って、認知症が進んでいる祖母は仕方ないかもしれない。けれど、母は違う。音声言語でのコミュニケーションが難しいだけで、手話を使えばどんなことだって理解できる。

ぼくの家族は誰も手話が使えなかった。聴こえない父と母の言語である手話を、誰も覚えようとしなかった。祖母も祖父も、ふたりの伯母も。唯一、家族のなかでぼくだけが下手くそなりにも手話を自然に習得し、両親と「会話」していた。
ぼくは母と父の目の前でゆっくり手を動かした。
――おじいちゃん、明日までもたないかもしれないって。
伯母たちから聞いた情報を、手話で「通訳」する。
拙く動くぼくの指先を、母はじっと見つめていた。

置き去りの母

幼い頃から、いつもそうだった。
後天的に音を失った父とは異なり、母は生まれつき耳が聴こえない先天性の聴覚障害者だった。

彼女の耳には音が届かない。

キッチンに響くヤカンのけたたましい音も、リビングで鳴る電話の着信音も、背後から近づいてくる自動車のエンジン音も、なにひとつ聴こえない。もちろん、聴こえる人たちの会話、いわゆる音声言語を使った会話も。

社会から取りこぼされてしまう場面が多い母を見て、いつも胸を締め付けられた。

どうしてみんな、母のことを置き去りにするのだろう。

たとえば、祖母が近所の友人を招いてリビングでお喋りをしているなか、母は微笑みを浮かべて、その様子を見ているだけだった。

聴こえない彼女がどんな気持ちでいるのか、誰も想像しようともしない。

もしかしたら、大きな声でゆっくり喋れば、母にも伝わると信じていたのかもしれない。けれど、それは聴こえる人による勝手な期待と思い込みだ。手話を第一言語として生きている母のようなろう者が、聴こえる人たちの唇の動きを読み取り、音声での会話を理解するのは容易なことではない。

誰よりもぼくがそのことを理解していた。
だからぼくは、そんな彼女の通訳になった。

聴こえる人たちのなかで母が浮いてしまうようなときは、彼女の側で会話の内容を説明する。電話が鳴ったときや、来客があったときは、子どもながらに率先して対応した。ぼく自身も、うまく大人の話を理解できないことは多かった。それでも、社会と母とをつなぐ立場を放棄したくなかったのだ。なによりも母が大好きだったし、母がぼくに注いでくれる愛情にも気づいていたから。

周囲の人に対して、特に近親者である祖母や伯母たちに対して、どうして手話を覚えてくれないのだろう……と不満を抱くことは多々あった。

どうしていつも、ハンデを背負う母ばかりが歩み寄っていかなければならないのか。

どうしてみんな、ほんの一歩でいいからこちらに近づいてくれないのか。

その不満の矛先は、やがて母に向かってしまった。

——障害者の親を持って、ぼくは本当に不幸だと思う。

思春期になると、そのような文句ばかりを母にぶつけた。そのたび母は哀しそうに笑いながら、「ごめんね」と謝る。

本当は、謝る必要なんてなかったのに。

もどかしい手話

——だから、なにか言いたいことがあれば、いまのうちだよ。

すると、母が苦しそうな表情で問う。

――私がもっと早く気づいていれば、おじいちゃんは助かったの？

違う。
そんなことはない。

伯母たちを介して聞いた医師の説明によれば、祖父の体は何年も前からボロボロだったという。肺や腸の手術を繰り返していたため、ここ半年は衰弱しきっていた。いつこうなってもおかしくなかったのだ。むしろ、最期を迎える前に、こうしてみんなが集まることができたのは奇跡的なことだし、それが叶ったのは、母が祖父の異変に気づいたからだ。

でも、ある程度の手話ができるぼくでも、この複雑な状況を母に説明することはできなかった。ぼくの手話は、日本人が片言の英語で話すようなレベル。細かなニュアンスをうまく伝えることは難しい。
母が抱える圧倒的な哀しみの前では、どんな言葉も薄っぺらくなってしまう。伝えたいことがあるのに、うまく伝えられないのがもどかしい。

――お母さんは悪くないよ。おじいちゃん、寿命だったんだから。

それだけ伝えるので精一杯だった。

途端に母が泣き出す。子どもみたいにぽろぽろと涙をこぼす母にハンカチを差し出すと、鼻を真っ赤にしながら受け取った。隣で父が母の背中をさすっている。

母はやっと、この事態が理解できたんだ。でも……。

状況を説明できたことに安心すると同時に、なんだかとても残酷なことをしてしまったのかもしれない、とも思った。由美が言うように、ぼくは通訳することで、余計に母を追い詰めてしまったのかもしれない、と。

泣き止まない母を前にして、それ以上かける言葉が見つからなかった。

腕時計を見ると、もうすぐで日付が変わるところだった。

「今日は、これからどうするの」

おずおずと尋ねてみると、伯母たちはそのまま病室に泊まるという。ぼくはどうしたらいいんだろう。迷っていると、佐知子が言った。

「大ちゃんは疲れてるだろうし、おばあちゃん連れて一旦帰ったら？」

本当であれば、この場に留まるべきなのだろう。けれど、正直、いまは柔らかい布団のなかで眠りたかった。ここは佐知子の言葉に甘えさせてもらおう。

「わかった。じゃあ、おばあちゃんと一緒に帰るよ。明日の朝にまた来るけど、その前になにかあったら電話して」

「うん。ゆっくり休みなさい」

結局、スペースに限りがあることから、祖父の病室には佐知子と母だけが残ることになった。病室を後にしようとすると、母がぼくの袖を摑む。

——冷蔵庫にいろいろあるから、適当に食べて。
——うん、ありがとう。

もう帰りたい

病院から実家までは車で二十分ほどの距離だった。助手席に座り、無言で車窓を流れる風景を眺めていると、父に肩を叩かれた。ハンドルを握る横顔は険しい。短く刈り上げた髪の毛に、白髪が交じっているのが見えた。

——疲れただろ。

基本的には無口であまり主張しないタイプの父も、どうやらぼくを気遣ってくれているらしい。申し訳ないな、と思いつつ、ぼくは本音を漏らした。

——すごく、疲れた。

まだなにもはじまっていないのに、むしろ、明日からもっと慌ただしくなるはずなのに、すでにぐったりしていた。

「もう帰りたい」

ふと口を衝いて出てしまった言葉に、自分でも驚いた。

いま向かっているのは実家だ。それなのに、ぼくは「東京」に帰りたい、と思っていた。いつからか実家は、ぼくが「帰る場所」ではなくなっていたのだ。

若干の後ろめたさとともに、父や祖母の様子を窺う。ふたりにはぼくの声が届いていないようだった。

久しぶりの実家は、赤の他人の家のような表情をしていた。知らない家具が置かれ、漂う匂いもどことなく違うようだ。思わず、「お邪魔します」と言いそうになる。

布団を敷き、祖母を寝かせると、ぼくはリビングに腰を下ろした。

——味噌汁もあるし、冷蔵庫には刺し身が残ってるぞ。

父にそう言われたものの、お腹は減っていなかった。

それでもなにか入れておこうと思い、冷蔵庫を覗くと、奥のほうにアサヒスーパードライが数本転がっていた。祖父の大好きな銘柄だ。最後にこれを飲んだのはいつだったんだろう。そう思いながら、ぼくはそれを手にした。

風呂に入って寝る、という父を見送り、ひとりでプルタブを起こす。ぷしゅっと音がした後、一気に流し込んだ。そこまでビールが得意ではないので、辛口でとても苦い。大酒飲みだった祖父が好みそうな後味だ。

そういえば、と元気だった頃の祖父が言っていたことを思い出す。

「お前はじいちゃんの孫だから、飲兵衛になるんだろうな」

その後、「まぁ……、いつか一緒に飲もうや」と祖父は続けた。けれど、その願いが叶うことはなかった。

二十歳過ぎで家を出たぼくは、一度も祖父とグラスを合わせることがなかった。これを言葉にするとしたら、無念、なのかもしれない。でも、いまさらどうしようもない。

感傷に浸りそうになっている自分に居心地の悪さを覚え、ぼくは残りのビールをあおると、布団も敷かず、そのままリビングの床に横になった。

普段、あまり寝付きがよくないぼくも、その日は目を閉じるとすぐに意識を失ってしまった。

祖父が、死んだ

翌朝、携帯電話の着信音に起こされた。

時間は朝六時半。

いつもならまだ眠っている時間だ。

無理やり瞼《まぶた》をこじ開け、ディスプレイに目をやると、佐知子の名前が表示されていた。一気に目が覚める。

「もしもし、どうしたの」

「おじいちゃん、息を引き取ったの」

祖父が、死んだ。

朝まではもたないかもしれないとは言われていたものの、まさかこんなに早く死んでしまうなんて。朝になったら祖母を連れて病院に行こうと思っていたのに……。

電話口で佐知子がなにやら早口でまくし立てているけれど、ほとんど聞いていなかった。とりあえず、病院で諸々の手続きを済ませた後、祖父がこちらまで運ばれてくるという。

ぼくは電話を切ると、慌てて父と祖母を起こし、状況を説明した。

顔を洗い、祖父を寝かせることになる部屋を簡単に掃除していると、再び携帯電話が鳴った。今度は由美からだった。

「もしもし、おじいちゃんのこと聞いたよ」

「そう、大往生だったよね」

「そう、かもしれない」

「それよりね、大ちゃんに喪主をやってほしいの」

ぼくが、祖父の葬儀で喪主をする。

すぐにはその言葉の意味を咀嚼できなかった。

どうしてぼくが？

本来であれば、配偶者である祖母の務めだろう。ただし、祖母は認知症が進んでいるため、喪主を全うするなんて無理だ。それなら、長女の佐知子が代わってやるべきではないだろうか。

「最後なんだから、おじいちゃんと一緒に暮らしていた人がやるべきなのよ。でも、おばあちゃんには無理でしょう？　それに、大ちゃんのお父さんもお母さんも耳が聴こえないから難しい。そしたら、大ちゃんしかいないのよ」

「いや、ちょっと待って。ぼくにはできないよ」

押し問答を続けていると、由美がきっぱりと言い切った。

「おじいちゃんには世話になったでしょ。最後くらい孝行してあげなさいよ」

残酷なぼく

この人は一体なにを見てきたのだろう。

祖父の世話になっただなんて、一度も思ったことがない。むしろ迷惑を被ってばかりだった。

酔っ払っては近所の人と喧嘩をし、祖母には暴力を振るう。祖父が昔ヤクザをしていたことを知ったときは、「なるほどな」と合点がいった。この人だったら、そういう生き方をしていてもおかしくない、と。

そんな祖父が大嫌いで、憎くて、いなくなってほしいと思っていた。だから、危篤の知らせを聞いたとき、心のどこかでこうも思ったのだ。

ざまあみろ。

それに、ここでもまた、母のことを置き去りにするのかと憤りも覚えた。もし彼女が喪主をしたいと願っていたとしても、その気持ちすら無視するのか。

「ちょっと考えます」

それだけ言うと、ぼくは電話を切った。どうやっても処理しきれない感情が渦巻く。すべてを投げ出して、いっそ帰ってしまおうか。

そのとき、一足先に母が帰ってきた。

散々泣いたのだろう、目元は腫れており、くまもできていた。肩に手をかけると、驚くほど細い。いつのまにこんなに小さくなってしまったのだろうか。

フラフラしている母は、「ありがとう」とぼくに笑いかけた。そのやさしい目を見て、ぼくのなかで決心が固まった。

母をリビングに座らせ、ぼくは由美に電話をかけた。

「由美ちゃん、喪主、やるよ」

「本当に？　あぁ、ありがとう！　いま、さっちゃんが葬儀屋さんとそっちに向かってるから。私たちもすぐ行くね。大ちゃん、しっかりね」

ここまできたら、なんだってやってやるよ。

ぼくはなにかに立ち向かうような心持ちで、玄関で祖父の到着を待ち構えた。

Chapter 2

祖母と宗教

無言の帰宅

物言わぬ人となった祖父が運ばれてくる。近親者の死を迎えることが初めてだったぼくは、どうにも落ち着けなかった。煙草に火をつけ、玄関先を行ったり来たりする。

——まだもう少しかかるだろうから、朝ご飯食べて待ってなさい。

見かねた母が、ぼくに言う。

リビングでは父と祖母が簡単な朝食をとっていた。けれど、なにか食べる気にはなれなかった。昨晩はビールをあおっただけで、なにも口にしていない。それでも空腹を感じない。

——ううん、大丈夫。

心配そうにぼくを見つめる母をよそに、ぼくは煙草を手に取り、小さな庭に降り立った。

実家には車一台分の駐車場があり、そことつながるように庭が広がっている。園芸が趣味の祖母は、一年中さまざまな草花を育てていた。ぼくが小学生の頃にはハーブを育てることに夢中になり、庭先から不思議な香りが漂ってくることもあった。

祖母が愛したそんな庭にも、いまとなってはなにも植えられていない。

ぼくは小さなベンチに腰掛け、煙草に火をつけた。

季節は夏なのに生い茂る緑はどこにも見当たらず、あるのはむき出しになった土と庭石だけだった。

「大ちゃん、おじいちゃんは？」

ぼんやりしていると、由美たちの声がした。慌ただしく入ってくる。

「まだ来てないけど」

「なにしてんのかしら。それより、お掃除した？」

「あ、一応」

ぼくの声を聞いてか聞かずか、由美は靴を脱ぐと祖父の部屋へ一目散に向かう。

「ダメじゃない！　ちゃんと綺麗にしないと！」

由美の来訪に気づいた母とともに祖父の部屋へ向かい、由美に促されるようにして再び掃除をはじめる。

「おじいちゃん、ここに寝かせるんだから邪魔なもの片付けて。お布団も敷かないと」

朝っぱらからパワフルすぎて、うんざりする。けれど、文句も言っていられない。テーブルを運び出し、畳を乾拭きする。祖父が愛用していたラジオをどけて、ゲートボール大会で優勝した記念にもらったというトロフィーを隅に集める。

一つひとつに祖父の体温が残っている、なんてことはなかったけれど、それでもこうして手に取るたびに祖父が生きていた痕跡に触れているような気持ちになった。それをみんなで片付ける。さっきまでたしかに生きていた祖父を、自分たちがいち早く亡き者にしようとしているみたいだった。

「おじいちゃん、来たよ！」

忙しない足音とともに、玄関から佐知子の大声が響いてきた。

ついに、来た。

佐知子の顔にもまた、深いくまがあった。やはり昨晩は眠れなかったのだろう。

「大ちゃん、おじいちゃんの部屋は？」

「片付けてる」

「じゃあ、言ってくるわ」

佐知子を追うように玄関から首を出すと、駐車場に大きな車が入ってくるところだった。遺体搬送車。これに祖父が乗っているのだ。

佐知子はドライバーになにやら告げている。

やがてスーツを着た葬儀業者がふたり降りてきて、挨拶もそこそこに祖父の部屋を飾り付けだした。黒と白の布や、仏具のようなもの。あっという間に部屋が日常から非日常へと塗り替えられていく。

準備が整うと、葬儀業者が「おじいさまをお運びします」と頭を下げ、車へ戻る。いよいよ、祖父がやって来るのだ。

先程まで騒がしかった佐知子も由美も、他の誰もがその様子を静かに見守っていた。すっかり小さくなってしまったように見えた祖父も、やはりそれなりに重いらしい。運び込む葬儀業者はふたりとも、額に大きな汗の粒を浮かべていた。

祖父を布団に寝かせると、葬儀業者は手を合わせ、こちらへ向き直る。

「喪主さまはどなたですか?」

手際のよさに呆気《あっけ》にとられていたぼくは、反応できなかった。隣で由美がぼくを小突く。

「あ、あの、ぼくです……」

そっと手をあげて応えた。これだけ大人が集まっているのに、まだ二十代半ばのぼくが喪主を務めるなんて、変に思われないだろうか。

その心配は杞憂だったようで、葬儀業者は少しも表情を変えなかった。

「わかりました。では、今後についてお打ち合わせをしたいのですが」

「う、打ち合わせ……」

ぼくが戸惑っていると、由美が遮るように声をあげた。

「うちは家族葬にします。最後のお祈りも私たちでやりますので」

葬儀業者は由美にやさしく微笑み、「承知しました」と言った。

「では、納棺の前に、お祈りをして差し上げてください」

その言葉を機に、祖父の前にみんなが集まる。一番前には由美の夫である康文が座った。康文は忌引きで休みを取っているはずなのにワイシャツにネクタイを締めている。

隣には、祖母の頼りない背中があった。

康文が「おじいちゃんが心安らかに逝けるよう、みんなで祈ります」と口火を切ると、部屋中に祈りの言葉が響きはじめた。祖母も懸命に声を張り上げている。

やっぱりこうなるのか。

祖母の背中を見つめながら、このとき初めて、ぼくは祖父を不憫に思った。

祖母の苦悩

ぼくが物心つく頃から、宗教は身近なものだった。そのきっかけを作ったのは、他の誰でもない、祖母だった。

祖母は祖父との間に佐知子、由美、そしてぼくの母、三人の子をもうけた。そのなかで母だけが障害者だった。

母が三歳、四歳になっても、一向に言葉を覚えない。それどころか、物音に反応を示すことすらしない。

疑念を抱いた祖母は、母を連れて、大きな病院で検査を受けさせた。告げられたのは、母に聴覚障害があるという事実だった。

当時はいまとは比べものにならないくらい、障害者への差別が横行していた。障害者はなにもできない人たち、という見方も強かった。それは祖父母も同様で、特に祖母は、母を人前に出そうとしなかったという。

そんな状況で祖母に忍び寄ったのが、宗教だった。

「神様に祈れば、障害だって治る。娘さんも喋れるようになるんだよ」

そんな甘い言葉を信じた祖母は、藁《わら》にも縋る想いで宗教に傾倒していった。そして、三人の娘をはじめ、その夫やぼくら孫も入信させた。

生まれてすぐに入信させられたぼくも、大人になるまでは、神様の存在を訝《いぶか》しみつつもどこかで信じていた。信仰から心が完全に離れたのは、二十歳の頃だった。

祖母は「神さまを信じていれば、夢だって叶うから」と繰り返しぼくに言い聞かせていた。でも、結局、夢は叶わなかった。それを機に、ぼくは信仰を捨てた。気づくのに随分時間がかかってしまった。

一方、家族のなかで唯一、祖父だけは最初から信仰に反対していた。

「祈ったって、なにも変わりゃしねぇ」

それが祖父の口癖だった。

祖母は祖父の言葉に耳を貸そうとしなかった。酔った祖父に罵声を浴びせられるたび、信仰心を強くしていったのだ。そうなれば、祖父もまた、反発心を強めていく。

いまでも忘れられない出来事がある。

ぼくが小学生の頃の話だ。

祖母が信仰する宗教では、月に何度か信者たちの集まりが開催されていた。もちろん、ぼくたち家族も足を運ぶ。そこでは信者たちが信仰によってどう救われたのかを涙ながらに語り合う。

神さまのおかげで子どもの受験が成功した。神さまのおかげで借金苦から抜け出せた。神さまのおかげで姑との関係が修復できた。

だから、お母さんの耳も、いつか治ると思うよ。みんな口々にそう言った。

そんなわけがない。障害と病気は違う。両親は一生「聴こえない」という事実と付き合っていかなければいけないことくらい、幼いぼくにもわかっていた。

それでもありえない願いが叶うと信じては祈りを捧げようとする彼らを見て、奇妙な気持ちになったのを覚えている。

そうして集まりを終え、自宅に帰ってきたときのことだった。玄関を開けると、泥酔した祖父が待ち構えていたのだ。いつもより酔っているのか、目が据わっている。

すると祖父は、祖母の腕を摑んでリビングへと引きずっていった。

なにか大変なことが起こる。

そんな予感はしたものの、異様な雰囲気にのまれてしまったぼくも、両親も、その場を動けなかった。

すぐに聞こえてきたのは、耳をつんざくような鋭い音と祖母の悲鳴だった。

慌てて靴を脱ぎ、祖父母の元へ急ぐ。そこで飛び込んできたのは、祖父がベルトで祖母を鞭打つ光景だった。

「この野郎!」という大声とともに、祖父がベルトを振り下ろす。肉を打つ嫌な音が響くと、それに合わせて祖母が泣き声交じりの悲鳴をあげる。

父が止めに入ろうとするも、祖父は「引っ込んでろ!」と恐ろしい顔を向ける。ぼくは立ち尽くす母にしがみつき、震えながらその光景を見ていることしかできなかった。

その一夜を機に、祖父と祖母の仲は修復不可能なものになってしまった。同じ家のなかにいてもろくに会話をせず、目も合わせない。ふたりの心は、完全に離れ離れになってしまったのだ。

祖母は信仰をやめなかった。むしろ、反対されればされるほど、頑なに宗教にのめり込んでいったようにも思う。

祖父は祖父で、そんな祖母に諦念を抱いていたのだろう。嫌味を口にすることはあっても、「宗教をやめろ」とは言わなくなった。

ただし、信仰に対する嫌悪感が消えたわけではない。一度、祖父がこう漏らしたことがある。

「じいちゃんが死んでも、墓は別にしてくれ」

祖母が信仰する宗教団体の墓地には埋葬されたくない。

それが祖父にできる唯一の抵抗だったのだろう。

最後の孝行!?

祖父への祈りの言葉を聞きながら、ぼくは彼の言葉を思い出していた。

死んでしまったら、もう抵抗なんてできない。

あれだけ嫌っていた宗教の祈りによって、最期を弔われている祖父の人生とは、なんだったのだろう。

家族のなかでも祖母と由美、そして康文が人一倍、厚い信仰心を持っていた。彼らの祈りの言葉は、どんどん大きくなっていく。そこに時折、泣き声が交じる。

それを聞きながら、ぼくは胸のなかが空っぽになっていく感覚に襲われた。

彼らはなにに祈っているのだろう。

祖父の死への祈り？　いや、自分たちに向けた祈りではないのか。

途端に祖父が惨めに思えてきた。

たっぷり一時間、祈りを捧げると、康文が「おじいちゃん、ゆっくりおやすみなさい」と頭を下げた。

その様子を見守ってくれていた葬儀業者が静かに近づき、話し出す。

「それでは、これより納棺の儀をはじめさせていただきます」

再び手際よく、葬儀業者が作業をはじめる。祖父に死装束を着せ、鼻や口に綿を詰める。それを見つめていると、葬儀業者が振り返り、ぼくに剃刀を手渡した。

「喪主さま、こちらでおじいさまのお髭を剃ってあげてください」

突然のことに、体が固まってしまう。

「髭を、剃るんですか……?」
「はい、これが最後の孝行です」

孝行、しなければいけないのだろうか。

正直、祖父のためになにかしてあげたいと思ったことは、一度もなかった。祖母に家庭内暴力を振るっていた祖父は、ぼくに対しても威圧的で、物を投げつけられたことは一度や二度ではなかった。

泣き虫だったぼくがメソメソしていると、「男のくせに泣いてんじゃねぇ!」と怒鳴りつけた。

そんな祖父に対して、どうして孝行してあげなければいけないのだろう。剃刀を握りしめた手が、一向に動かない。

葬儀業者が心配そうにぼくを見つめている。背後からは「ほら、早くしなさい」と由美の声がする。

「……できません」

ぼくは苦しさを押し殺すように、なにかを吐き出すように呟いた。

部屋がざわめく。

「どうして」

「大ちゃん、ちゃんとしてあげて」

伯母たちが口々に言う。

「できないんだよ！」

大きな声で言うと、誰もが黙り込んだ。

最後の孝行をしてしまったら、すべてを許したことになるじゃないか。

そんなことできない。

ぼくは祖父のことを許せない。

許したくない。

剃刀と従姉の手

〝ふつう〟の家庭のなかで生きていきたいというぼくのささやかな願いを、暴力によって壊した祖父を、いまさら許せるわけがない。

葬儀業者が戸惑いの色を浮かべている。

説明したってわかるはずがないし、説明する気力すらない。でも、どうしてもできない。それだけはわかってほしい。

すると、そっと肩に手を置かれた。隣には佐知子の娘の舞がいた。彼女はぼくより年上で、いつだってやさしかった。

「一緒にやろう」

剃刀を握るぼくの手に、舞の手が重ねられる。

ぼくが家庭環境のことで荒れていたとき、いつだって話を聞いてくれたのは舞だった。「私は大の代わりになれないけど」と前置きして、泣きながら吐露するぼくの気持ちを真正面から受け止めてくれた。

そんな舞の瞳がかすかに潤んでいた。彼女はわかってくれているんだ。それだけでよかった。

ぼくは力なく頷くと、舞にすべてを委ねた。

静まり返った部屋に、髭を剃る音だけが聞こえる。祖父の顔が徐々に綺麗になっていった。

その後、祖父が棺に納められた。

「想い出の品を入れてあげてください」

葬儀業者の呼びかけに対し、祖母や母、伯母たちは各々に用意していたものを棺に納めた。写真や愛用していた帽子、ハンカチ、好きだったお菓子が祖父の顔の周りに並べられる。けれど、ぼくはなにを入れていいかわからず、その様子をただ黙って見つめていた。通夜は明日、葬儀と火葬は明後日行うことが決まった。

「では、また明日来ますので、今夜はおじいさまとゆっくりお別れしてあげてください」

葬儀業者が深々と頭を下げ、出ていく。ぼくはその後を追いかけた。

「あの」

「どうしました?」

「あの……家族葬ってなんですか?」

すべてのことが初めての経験だったぼくは、なにも知らなかったのだ。

「身内の方や近しい人だけでお見送りをする葬儀のことですよ」

「それって、祖父の友達は呼べない、ということですか」

「家族葬を望まれているということは、あまり大々的にはしたくないのかもしれませんね」

「そうですか……」

葬儀業者を見送ると、ぼくは釈然としない想いに囚われた。祖父のことを考えたわけではない。ただ、祖父の友人たちのことを思ったのだ。最後のお別れができなかったとしたら、なかには哀しむ人もいるのではないだろうか。

でも、由美は「家族葬でやる」と決めていた。いまさらどうしようもないのかもしれない。

「大ちゃん、いまからお昼ご飯買ってくるから」

気づけば十一時をまわっていた。由美と康文、娘の仁美が買い出しに出掛けるという。

「私も一旦帰るわ。お風呂入ってないから綺麗にしてくる」

続いて佐知子と舞、茜が出ていく。

「わかった。また後でね」

先程まで一緒にいた親族たちも見送ると、家のなかに静けさが戻る。解放感に、全身の力が抜けていくようだ。

弔問客の舎弟

リビングに腰を下ろすと、母が麦茶を差し出してくれた。あらためて今後の流れを母と父に説明する。彼らは頷き、少し安心したようだった。

そのとき、電話で誰かと話をしている祖母の声が聞こえてきた。

「ええ、そうなんですよ。今朝、亡くなって……」

受話器を置いた祖母に話しかける。

「おばあちゃん、誰に電話したの？」

「おじいちゃんがお世話になった人にね。あぁ、あの人にも言っておかないと」

祖母は慌ただしく再び電話をかけはじめる。

家族葬にすると決めたのに、大丈夫なのだろうか……。けれど、電話口で涙ぐみ、祖父の知人に対してお礼を伝えている祖母を止めることなんてできなかった。祖母は祖母なりに、最後にできることをしようとしているように見えたからだ。

祖母の連絡を受け、すぐに弔問客が訪れた。

近所に住む友人たちが、香典を片手に集まる。一人ひとりに挨拶するのは骨が折れる。けれど、これも喪主の役目なんだろうなと思うと、無下にできなかった。

そのうち、ひとりの男性がやって来た。いかり肩で強面の風貌には見覚えがあった。祖父がヤクザだった頃の、いわゆる「舎弟」だ。ぼくがまだ幼い頃はしょっちゅう遊びに来て、祖父と酒を酌み交わし、花札に興じることもあった。ぼくも彼から花札のルールを教わったことがある。

「なんでだよ……早すぎるよ……」

彼は一目散に祖父の棺に駆け寄ると、大きな声で泣きはじめた。なんと声をかければいいのかわからず、ぼくは黙って隣に座っていた。

「大ちゃん、おじいちゃん逝っちまったんだな……悔しいな……」

「あ、はい……」

「悔しい……ほんと、悔しいよ」

祖父の死をこんなにも悼む人がいる。

ぼくにはわからない、見えていない祖父の姿があったのかもしれない。

「おじいちゃん、気はみじけぇけど、いい人だったんだよ。わかるだろ?……それなのになぁ」

うまく答えられなかった。でも、なにも言う必要なんてないのだろう。ぼくは震える肩を静かに見つめていた。

祖父の舎弟はひとしきり泣き、お別れを告げると、帰っていった。

帰り際、「大ちゃん、おじいちゃんの分まで立派になれよ」と言われ、曖昧に笑ってやり過ごした。

葬儀をめぐる乱闘

なんだかどっと疲れてリビングに戻ると、由美たちが帰ってきていた。けれど、その表情が険しい。祖母のことを責めているらしい。

「どうしてみんなに電話しちゃったの！」

「……お世話になったんだから、言わなくちゃダメでしょう？」

「なんでよ！　なんのために家族葬にしたと思ってんの！」

「でも……」

「おばあちゃんはいつも勝手なことばっかりして！　こんなときまで困らせないでよ！　人が増えたらその分、お金もかかるんだから！」

「それでもさ……」

祖母が言い訳をするにつれて、由美の怒りはヒートアップしていく。もう半ば、祖母を怒鳴りつけている格好だ。

その様子を見ていると、疑問が湧いてくる。

祖母がしたことは、そんなに責められるようなことなのか。

最後くらい盛大にしてあげたっていいじゃないか。

第一、お金を心配して葬儀の規模を縮小するだなんて、祖父が可哀想じゃないのか。

祖父に対する憎しみや怒りが消えたわけではなかったけれど、それを差し引いたとしても、由美の言い分には賛同できなかった。

「あのさ……そんなにおばあちゃんを責めないであげてよ」

気づけば、祖母をかばうようなことを口走っていた。すると、由美がぼくを睨みつける。標的がぼくに移ったようだった。

「なんでよ！　勝手なことをするなって言ってんの！」
「勝手なことって……。おじいちゃんのことを思ってしたことなんだし」
「家族葬だって言ったでしょ！」
「いや、だから、多少、人数が増えたっていいじゃない」
「お前はなんにもわかってないんだから、口を挟むな！」

売り言葉に買い言葉。由美の怒りに比例するように、ぼくの反発心も膨らんでいった。

「ぼくが喪主なんだから、最終的にはぼくが決める！　家族葬なんてやめて、おばあちゃんが呼びたい人を呼ぶ！」

そして由美は、ぼくへのねじ曲がった感情を吐き出した。

「お前まで逆らうのか！　誰がお前を育てたと思ってるんだ！」

母と父には障害があるから、自分が代わりにぼくのことを育てたつもりなのだろう。でも、決してそんなことはない。

ぼくをここまで育ててくれたのは、母と父だ。

彼らがどんな苦労をして、どんなつらい想いをして、ぼくを育ててくれたのか。誰よりもぼく自身がそれを理解している。

だからこそ、由美が許せなかった。

「ぼくを育てたのは、お母さんとお父さんだよ！　お前の世話になんかなってない！」

「なんだと！」

おそらく、ぼくと由美が誰よりも祖父の血を色濃く受け継いだ。家族のなかでも喧嘩っ早い。

みんなが呆然を見つめるなか、ぼくと由美は取っ組み合いの喧嘩をしていた。

ぼくが肩を揺すると、由美がぼくの髪の毛を摑む。

「離せよ！」

「うるさい！」

「お前がうるせぇ！」

祖父が亡くなった日に、家族が大喧嘩を繰り広げている。

地獄絵図だ。

康文と父が止めに入り、ぼくと由美は引き剝がされた。それでも由美はまだ食ってかかろうとする。

「だったら、もう葬儀なんか出ない！」

由美が啖呵《たんか》を切り、荷物を摑んで玄関に向かう。その後を追いかける。

「ああ、二度と来るな！」

「誰のおかげでここまで大きくなったと思ってんだ！」

由美はまた同じ文句を繰り返し、玄関にある靴をぼくめがけて投げつけた。革靴やスニーカー、パンプスが飛んでくる。

負けじと応戦していると、再び康文が止めに入り、そのまま由美を連れて行ってしまった。

息を切らしながら、その場に座り込む。

周囲は由美が投げた靴だらけで、なんだか馬鹿らしくなってくる。

――もう喧嘩なんてやめて。

母が泣きそうな顔をしながら、靴を拾い集めていた。

――だって……！

そう言いかけて、ぼくは口ごもってしまう。

誰がお前を育てたと思ってるんだ。由美の言葉を反芻する。

「ぼくを育てたのは……、お母さんとお父さんだよ」

悔し紛れに呟いたぼくの言葉は、どこにも届くことなく消えていった。

そんなぼくの声が聴こえない母は、ため息をつきながら玄関の掃除をしていた。

Chapter 3

伯母の贖罪

水入らずの食卓

――晩ご飯、できたよ。

部屋で寝っ転がっていると、母が呼びに来た。もうそんな時間か。窓の外ではすっかり陽が傾いていた。

リビングへ降りると、テーブルには簡単な夕食が並べられていた。煮物の甘い匂いを嗅ぐと、お腹が鳴る。いまだに食欲はなかったものの、さすがに空腹を感じていた。

――お酒も買ってあるぞ。

父が冷蔵庫から缶チューハイを取り出し、グラスに注いでくれた。

あまり飲む気にはなれなかったけれど、どうやら今日は父も付き合ってくれるらしい。酒に弱く、普段は飲まない父がグラスを持っている。きっと思うところがあるのだろう。ぼくはなにも言わず、父とグラスをぶつけた。

――向こうでちゃんとご飯食べてるの？

ご飯を頬張りながら、母がぼくに尋ねた。

――うん、心配ないよ。
――自分で作ってるの？
――そう。結構うまくなったよ。

ぼくの言葉を理解すると、母が安心したような表情を浮かべた。
そこに父も入ってくる。

――じゃあ、今度なにか作ってもらおうかな。

気が向いたらね、と言うと、父も母も笑った。
父と母と一緒にご飯を食べるのは、久しぶりだった。なんでもないことだけれど、その平和なひとときに、胸が熱くなった。

やっぱり、ぼくを育ててくれたのは、このふたりなんだ。

——お代わり、ある？

ぼくが茶碗を差し出すと、母がうれしそうにご飯をよそってくれた。

それを見て、祖母も顔を綻ばせる。

「相変わらず食べるなぁ」

「そんなことないよ。おばあちゃんもちゃんと食べなよ？」

「ううん、ばあちゃんはいいから、もっと食べなさい」

ここに祖父がいたら——。

考えても仕方ないことが浮かんでくる。

もしかして、ぼくは後悔しているのかもしれない。なにを？ と訊かれても、うまくは言えない。でも、ひとり欠けてしまった食卓を囲みながら、ぼくはかすかな哀しみと幸福とを交互に噛み締めていた。

乱闘、その後

お酒も進み、ほろ酔いになった頃、リビングの電話が鳴り響いた。時間は二十時を過ぎていた。一体、誰だろう。「はいはい」と言いながら、祖母が受話器を取る。すると、「大ちゃん、ほら」と呼ばれた。

「え……誰？」

「由美が、大ちゃんに話があるって」

昼間、大暴れしていった由美からだった。

まだなにか文句があるのか。半ばうんざりした気持ちになったものの、無視するわけにはいかない。

「もしもし」
「あぁ、大ちゃん？」
「うん、どうしたの？」

電話の向こうで、由美は黙り込んでいる。なんと声をかければいいのかわからず、ぼくは黙ったまま由美の言葉を待った。
父も母も祖母も、そんなぼくを心配そうに見つめている。
しばらく沈黙が続いた後、由美が口を開いた。

「大ちゃん、明日、行ってもいい？」

祖父の葬儀になんか出ない、と大見得を切った由美も、冷静になったらしい。

「そんなの、当たり前じゃない」

努めてやさしく言ってあげると、由美の安堵するようなため息が聞こえてきた。

「ありがとう」

「ううん、待ってるから」

「うん。大ちゃん、ごめんね」

「もういいよ。また明日ね」

由美に対する怒りはもう消えていたけれど、「ぼくもごめんね」とは言いたくなかった。僅かな抵抗だったのかもしれない。

由美が明日来ることを伝えると、母は安心したようだった。

——仲良くしなきゃだめよ。

やさしくぼくを諭す母を見て、いつまでもぼくは子どもなんだな、と少し情けない気持ちになった。

喪服がない！

夕食を食べ終え、父と一緒にテレビを観ていたときのことだった。ぼくは肝心なことに気づいた。

喪服を用意していない。

なにもかもが慌ただしくて、すっかり忘れていた。けれど、もう店も閉まっている時間だ。いまから買いに行くこともできない。どうしよう。

それを母に告げると、彼女は驚くようなことを言った。

――おじいちゃんの喪服を着たら？

祖父の葬儀に、祖父の喪服を着て出席する？

そんなこと許されるのか。祖父の気持ちを想像すると、いたたまれない。でも、それ以外に方法はない。

母と一緒に祖父の衣装簞笥をひっくり返すと、奥に仕舞われている喪服を見つけた。祖父が最後に着たのはいつだろう。ツンとするカビ臭さが鼻をつく。

急いで着てみた。ウエスト部分はぶかぶかだし、ジャケットの前立てはダブルの仕様になっていて、恥ずかしかった。それに合わせる革靴は、成人式のときに買ったもの。すべてが間に合わせだった。

——あんまり、これ着たくないんだけど……。

鏡の前で憮然としてしまう。

——しょうがないでしょう。今回は我慢しなさい。

呆れたように笑う母を見て、ぼくは諦めて肩を落とした。

翌日、朝早くから実家に親族一同が集まった。通夜も葬儀も実家で行うことになっていた。喪服に身を包んだ両親や伯母の姿が物珍しい。特に佐知子は真っ黒な着物に身を包んでいて、今日は髪の毛をきっちりセットしている。並々ならぬ気合のようなものを感じ、じっと見つめていると「なによ?」と怪訝な顔をされてしまった。

それを誤魔化すように、なにも準備してこなかったことを詫びた。祖父の喪服を着ているぼくを見て、佐知子が笑い飛ばす。

「あんた、似合ってるじゃない。おじいちゃんも喜んでるかもよ」

そのあっけらかんとした物言いに、つい笑ってしまった。

いままで、祖父になにかを借りることなんてなかった。それどころか、気軽に声をかけることすらできなかった。

でも、それが祖父に寂しい想いをさせることもあったかもしれない。だとするならば、最後くらい祖父を頼ってもいいだろう。

通夜の日は昼前から夕方まで、祖母の連絡を受けた大勢の人が最後のお別れを言いに来てくれた。誰かが来るたびにぼくは挨拶をし、祖父にお別れを告げる背中を見守った。

着慣れない喪服としっかり締めたネクタイに居心地の悪さを感じつつ、真剣な表情を絶やさない。喪主を任されたからには、ちゃんとやってやるんだ。その想いだけがぼくを支えていた。

最後の弔問客を見送ると、ネクタイを外し、ため息をついた。

「疲れた……」

でも、明日は葬儀と火葬がある。まだまだ終わりではないのだ。

伯父の無茶振り

　その夜は出前のお寿司をとった。リビングで親族たちと一緒にお寿司をつまむ。弔問客の対応に追われ、朝も昼もゆっくりする時間はなかったため、ようやく一息つける。

　一通りネタをつまみ、お吸い物で気を緩めていると、康文が寄ってきた。

「大ちゃん、今日はありがとうね」

「いや、別になにもしてないし」

「あのね、明日の葬儀なんだけど……。大ちゃんに弔辞も読んでもらいたくて」

「え!?」

　突然、喪主をやる羽目になった上に、弔辞も読むなんて、さすがに荷が重すぎるだろう。言葉を選びつつも、そんなことを伝えた。けれど、康文は、「やっぱり、ずっと一緒に暮らしていた孫の大ちゃんが、弔辞を読んであげるべきなんだよ」と譲らない。

「でも、しばらく会ってなかったし……。それなら、さっちゃんの方がいいんじゃない？　伝えたいこともあると思うし」

苦し紛れにそう言うと、康文は由美と顔を見合わせた後、首を振った。

その向こうで、佐知子が複雑そうな表情を浮かべている。

「ううん、大ちゃんにお願いしたい」

康文にあらためてお願いされ、仕方なく「わかりました」と言った。最初から選択権なんてなかったのだ。受け入れるしかないだろう。でも、時間がない。今夜中に考えなければいけない。どうしたらいいんだろう。

翌日は朝早くから葬儀を行うため、その日は早々にお開きとなった。

帰り際、親族たちは祖父の前に座り、口々に「また明日ね」と挨拶する。すると、由美の娘の仁美が声をあげて泣き出した。突然のことに由美と康文も驚いている。

「おじいちゃん、なんで死んじゃったの！」
仁美は祖父の棺に縋り付くような格好で、嗚咽を漏らしている。

大人になるしかなかった子

仁美はぼくより少し年上だったが、軽度の知的障害があり、昔から年齢よりも幼い印象があった。ゆえに、祖父や祖母からも可愛がられていた。

耳の聴こえない父や母を支えようという意識が強かったぼくは、周囲と比べても大人びた子どもだったと思う。ときには生意気なことを口にし、大人に思い切り甘えることも少なかった。

そんなぼくと比べて、手放しで愛情を求めるように甘えてくる仁美は、祖父にとってきっと目のなかに入れても痛くない存在だったに違いない。ふたりの間にある〝おじいちゃんと孫〟という絆は、ぼくからすればまるで無縁のものだった。

祖父が仁美を可愛がる一方で、由美と康文は、仁美の将来に対して期待していないところがあった。だからこそ、彼らはぼくのことを実の子どものように扱っていたのだろう。

幼い頃は頻繁に旅行に連れていってもらった。いろんなことを教えてくれた。「いい大学に行って、公務員になって、安定した人生を歩みなさいね。それが幸せなんだから」と何度も言われた。

そんな由美と康文に同調するように、祖父からも公務員になることを強いられた。

「じいちゃんの言うこと聞いてりゃ間違いねぇんだ。わかったな？」

祖父の言葉に、由美と康文の援護射撃が加わる。

「人ちゃんも康文みたいに県庁に勤められるようになれば、みんな安心するからね」

「大ちゃん、就職先、紹介してあげるからさ」

けれど、自分のことは自分で決めたいと思っていたぼくは、彼らが敷こうとするレールには乗らなかった。興味もなかったし、なにより、まるで仁美の代替品のように扱われることが気持ち悪かった。

高校卒業間際、進学しないことを選択したときには叱られ、呆れられ、落胆された。やりたいことがあると伝えても、祖父からは「お前には無理だ」と全否定された。由美と康文からは「せっかく育ててきたのに」と言われた。そういった言葉をきっかけに、彼らとは距離を置くようになったのだ。

ぼくの人生はぼくのものだし、父や母以外の誰かに口を出されたくなかった。

寝ずの番をしながら

目の前にはいつまでも泣いている仁美と、それを見つめる由美、康文の姿があった。ぼくはなにも言えず、ただ彼らを見守ることしかできなかった。

親族たちが帰った後、ぼくと父で寝ずの番をすることになった。祖父が自宅で過ごす最後の夜、線香を絶やさず寄り添ってあげる必要があった。

けれど、疲れ切っていたぼくは父に断り、先にちょっとだけ休ませてもらうことにした。ベッドに入ると、思い悩む間もなく睡魔がやって来た。

アラームの音に飛び起きると、時刻は深夜二時を指していた。眠い目をこすりながらものそのそと起き出し、父の元へ行く。

——お父さん、ごめん。寝すぎた。

肩を叩くと、父が眠そうな目で振り向いた。そのまま交代し、祖父の前に座る。五時になったら母が起きてきてくれるから、それまで三時間ばかり辛抱すればいい。

時間を潰すためにも、ぼくは祖父への弔辞を考えることにした。携帯電話で検索すれば、テンプレートのようなものがいくらでも出てくる。けれど、どれもしっくりこなかった。

故人との想い出を書きましょう。

故人への感謝の気持ちを伝えましょう。


そんなアドバイスを目にしても、なにも浮かんでこない。そもそも、祖父との想い出はほとんどなかったし、感謝の気持ちなんて微塵もなかった。むしろ、酔うと暴れる祖父がいなくなったことに対し、「やっといなくなったか」とさえ思っていたのだ。

晩年は寝たきりになり、大人しくなっていたとはいえ、それまでにしてきたことが帳消しになるわけではない。祖父の死を「終わりよければすべてよし」と結論づけることはできなかった。


祖父が死に、喪主を務めることになった。

「やらなきゃいけない」という気持ちは強くなっていったけれど、そこにあるのは義務感にも似た想いだ。

心のなかをいくら探ってみても、祖父に最後にかけるべき言葉が見つからなかった。

もう、いきあたりばったりでやるしかないか。

揺れる線香の煙を見ながら、ぼくはやけっぱちになっていた。

伯母とぼくと煙草

朝方、母と寝ずの番を交代し、少しだけ仮眠をとった。けれどなかなか寝付けず、そのうちみんなが集まってくる物音がして、ぼくは諦めて布団を出た。

身支度を整えると、まだ時間がある。庭先で一服することにした。

縁側に腰掛けていると、朝日が目に眩しかった。痛みで目が潤む。目をこすっていると、後ろから声をかけられた。

「あら、泣いてるの」

煙草を手にした佐知子が立っていた。

火をつけながら、佐知子もぼくの隣に座る。


「まさか。泣かないよ」

「そう」

「さっちゃんこそ、泣いた？」

ぼくの問いかけには答えず、佐知子はぼんやりと煙を吐き出している。

なんとなく間がもたず、「弔辞の言葉、なんも考えてないんだけど」と半笑いで言った。すると佐知子は、「おじいちゃんに言いたいこと、ないの？」と聞き返す。

「言いたいことって……なんだろうね。わかんないや。それよりさ、ぼくが弔辞を読んでいいの？　本当なら、さっちゃんが読むべきだと思うんだけど」

「いいのよ。由美も康文も、私のこと嫌いだから」

そんなことないよ、とは言ってあげられなかった。事実、佐知子は厄介者扱いされていたからだ。

親族のなかでも、佐知子はもっとも破天荒な生き方をしている人だった。中学校に入ってからはいわゆる不良になり、夜遊びを繰り返した。母に対してはやさしい人だったけれど、祖父母には反抗的で、家出をすることもしょっちゅうだった。周囲の人たちに散々迷惑をかけていた。

高校を中退した彼女は、黙って家を出て、東京に移り住んだ。心配した祖父が懸命に行方を探したところ、当時の風俗店で清掃員をしていたという。発見され、半ば無理やり連れ戻された彼女は、祖父にお金を借りて、スナックを開いた。けれど、元来いい加減な彼女に店の経営ができるわけもなく、あっという間に潰した。

昼間の仕事に就けない佐知子は、それからも何度もスナックを開き、潰してきた。その借金はすべて祖父が肩代わりし、返してきた。

そんな彼女の生き方を周囲が肯定できないのも無理はないだろう。特に妹の由美は佐知子とは正反対の真面目な人で、看護師をしていた。だからこそ、反発し合い、いつからかわかり合えなくなっていったのだ。

でも、ぼくは佐知子が嫌いではなかった。同じようないい加減な性格で、先のことを考えずに行動してしまうところがある。煙草やお酒を教えてくれたのも佐知子だ。

「でもさ、おじいちゃんに言いたいこと、ぼくなんかよりもあるでしょ?」

「言いたいことか」と呟くと、佐知子は大きく煙を吐き出す。そして続けた。

「ごめんなさいって、とうとう言えなかったわ。言ってあげるとすれば、それかな」

ごめんなさい。

佐知子が呟いた言葉が、いつまでも耳に残った。それを伝えるのは、いまが最後のチャンスじゃないか。それなのに……。

反応できずにいると、駐車場から大きなエンジン音が聞こえた。霊柩車に乗って、葬儀業者がやって来たのだ。

「ほら、お葬式はじまるから、行こ」

佐知子に促され、ぼくは立ち上がった。

いよいよ、祖父の葬儀がはじまる。

弔辞を読む

家族葬にする、という由美の計画なんてなかったかのように、葬儀には大勢の人が集まった。その大半は祖母と親交の深い人たちで、誰もがパートナーを失った祖母に対してお悔やみの言葉をかけていた。喪主として祖母の側にいたぼくにも、誰もが「大ちゃん、しっかりね」「立派になったね」と声をかけてくれた。

司会進行は康文が務め、葬儀は滞りなく進んでいった。

祖母の友人の多くは、みな、熱心な宗教信者だった。祖父の死を悼み、祈りの言葉が響いた。

大嫌いだった宗教の祈りによって、見送られていく祖父。

それを思うと、ぼくは喉がつっかえたような感覚を覚え、素直に祈りを捧げることができなかった。

「家族を代表して、孫の大が弔辞を読ませていただきます」

祈りが終わり、康文が言うと、集まった弔問客たちの視線が一斉にぼくに注がれた。もう「どうしよう」なんて言っていられない。

ぼくは観念するように祖父の前に座る。

「おじいちゃん」

口を開いたものの、その後の言葉が続かない。

やはり、なんて言えばいいのかわからないのだ。そのまま固まってしまう。哀しんでいると勘違いした弔問客からは、「大ちゃん、頑張って」と見当違いな応援の声がかけられる。そのとき、佐知子の言葉がよみがえった。

ごめんなさいって、とうとう言えなかったわ——。

だったら、ぼくが代弁してあげればいいじゃないか。

「おじいちゃん、ごめんなさい」

そこから先はなにも考えずとも、言葉がするする口を衝いて出てきた。

佐知子の想いを想像し、重ねる。

これまで散々迷惑をかけてきたこと。孝行できなかったこと。最後まで謝れなかったこと。ぼくは佐知子が言いたかったであろうことを、述べた。

そして、それは、ぼく自身が言うべきことでもあった。

家族なのに、最後までわかり合えなかった。
嫌厭し、寄り添わなかった。

恐れずに近づいていけば、もっと理解できたかもしれないのに。ぼくはそれをずっと放棄し、諦めていた。やがて、取り返しのつかないところまで来てしまったのだ。祖父のことをすべて許せるわけではないけれど、それでも、なにかできたことはあったはずだろう。それをしてこなかったことに対して。

「おじいちゃん、本当にごめんなさい。もしも生まれ変わって、また家族になることがあったら、今度はちゃんと話したいです」

弔辞を言い終えると、そこら中からすすり泣く声が聞こえた。佐知子は泣いていなかった。きっとぼくと同じように、涙では洗い流せないややこしい想いが絡み合っているのだろう。それでも、佐知子はどこかスッキリした表情を浮かべていた。

祖母を救ったもの

葬儀の終わり、祖母が立ち上がり、みんなにお礼の言葉を口にした。

「おじいちゃんのために……」

それだけ言って、そのまま、みんなの前で泣き崩れた。倒れそうになったので、慌ててぼくと康文でそれを支える。小さな肩が震えていた。

「おばあちゃん、大丈夫⁉」

「大丈夫、大丈夫だから」

祖母はぼくの手を振りほどき、力強く立ち上がる。そして、あらためて言葉を続けた。

「おじいちゃんのためにこんなに集まってくださって、本当にありがとうございます。大勢の方たちに見送っていただいて、おじいちゃんは本当に幸せだと思います。乱暴な人で、みなさんにも迷惑をかけたと思いますが、最後にこうして一緒に見送っていただいたこと、一生忘れません」

祖母が言い終えると、弔問客から拍手が巻き起こった。

「おばあさん、大丈夫よ。これからは私たちが支えるから」

そんな風に言ってくれる人もいた。

宗教で結ばれた人たちの間には、こんなにも強固な絆があるのか。ぼくは素直に感動していた。

祖母の信仰のせいで、少なからず嫌な想いをすることはあった。あからさまに「頭のおかしい人たち」というまなざしを向けられることもあった。

勝手に入信させられただけなのに、熱心な信者だと見なされることが嫌で嫌で仕方なかったし、生まれてすぐにぼくを入信させた祖母を恨んだ。否応なしに信仰を強制するなんて、どうかしている、と。

それでも、こうして一番弱っているときに、祖母を支えてくれているのは宗教であり、その信者仲間だった。

祖母の信じる宗教に対しては、その教義にも習慣にも懐疑的な気持ちは消えないけれど、こうして人と人とをつなぎとめ、支え合う基盤を作ってくれるのならば、役割として必要なものだったのかもしれない。

泣いている祖母と、そこに集まり声をかけている友人たちの姿を見て、ぼくはそこに入り込めない疎外感を覚えた。けれど、寂しくはなかった。

ぼくは宗教を信じる祖母と「わかり合うこと」を放棄した立場だ。

だから、こんなときにぼくが祖母にできることは、あまり残されていない。でも、祖母と同じものを信じ、側に寄り添う人たちがいる。彼らはぼくにできないことをしてくれるかもしれない。それはぼくが疎外されているのではない。代わりにやってくれているということだ。

そう考えると、外から見つめる彼らの絆に温かさすら感じていた。

こうして葬儀は終了した。

葬儀業者との会話

「喪主さま、出発してもよろしいでしょうか」

葬儀業者が静かに言った。祖父の遺体を運び、火葬するのだ。

「はい」

了承すると、ぼくは祖父の遺影を抱き、霊柩車の助手席に乗り込んだ。

遺影のなかの祖父は満面の笑みを浮かべている。ゲートボール大会で優勝したときに撮影した集合写真を引き伸ばし、遺影にしたらしい。そこにいた祖父は若々しく、ぼくをやさしく見ていた。

「おじいさま、いい笑顔ですね」

ハンドルを握る葬儀業者に声をかけられ、ぼくは笑った。

「こんな顔、見たことなかったんですけどね」

「きっと、忘れているだけですよ」

葬儀業者は前を見据え、静かに言った。

パァーーーーーーーーッ。

出発すると同時に、クラクションが鳴り響いた。ぼくは霊柩車に揺られながら、祖父の遺影をしっかり抱きしめた。祖父のことを抱きしめるなんて、それが最初で最後だった。

Chapter 4

母の声

ピクニックの弁当

火葬場は街の高台に位置していた。霊柩車を降り、駐車場から街を一望する。空は不思議なくらい快晴だったし、遠くには小島が点々と浮かぶ海も見える。けれど、爽やかな風景を楽しむだけの余裕はなかった。

遺影を抱きながら待っていると、後に続いていた父や伯母たちの車も到着した。全員が揃った時点で、葬儀業者が「では、向かいましょう」と言った。

初めて見る建物を、思わず見上げてしまう。隅々まで掃除が行き届いているような印象を受けたものの、ここで毎日のように人が焼かれているのだと思うと、入るのが躊躇われた。


なかで手続きを済ませると、「納めの式」をすることになった。

火葬炉の前に棺が安置され、その横にある祭壇に遺影を飾った。いまから体がなくなってしまうというのに、四角い枠のなかで祖父は相変わらず朗らかに笑っている。

そこでみんなで祈りを捧げた。

このときも康文が率先して前に立ち、誰よりも大きな声で祈りの言葉を口にした。みんながそれに続くのを、ぼくは後ろからぼんやりと見つめていた。

そして棺が火葬炉へと納められた。いよいよ祖父が焼かれるのだ。

「火葬には二時間ほどかかりますので、ご遺族のみなさまは控え室でお待ちください」

係員に誘導され、ぼくらは火葬場の二階にある和室で待つことになった。十二畳ほどのスペースに、長テーブルがふたつ並んでいる。薄っぺらい座布団を敷き、各々が雑多に座った。

――二時間って、想像以上に長いんだけど。

こっそり母に話しかけると、彼女はぼくの顔を見るなり、眉間に皺を寄せた。どうやらうんざりしていることがバレバレだったようで、いつもより速い手の動きでたしなめられた。

――これが最後なんだから、我慢しなさいね。

――はいはい。

まるで小学生の頃みたいだなと苦笑しつつ、ぼくは頷く。すると、由美が大きな袋から弁当を取り出し、配りはじめた。

「みんな、お昼ご飯もまだなんだし、ここで食べちゃいましょう」

配られた弁当を開けてみると、なかにはエビフライや小さなハンバーグ、たまご焼きなんかが入っていた。まるでピクニックのときに食べるようなラインナップだ。部屋中に美味しそうな匂いが漂う。

けれど、なかなか箸が進まなかった。それは母や伯母たちも同様だった。

その隣では、父がものすごい勢いで弁当を平らげていた。よほどお腹が空いていたのだろう。

――これも食べる？

ぼくが弁当を差し出すと、父が仏頂面で頷き、食べはじめた。でも、少しだけ頬が緩んでいる。うれしかったに違いない。そんな父がかわいらしい。けれど、それに気づいた母は、ため息をついていた。

食事を終えると、途端にやることがなくなってしまった。ただ待つだけの二時間がこんなにも長いなんて。

「ちょっとそこらへん見てくる」
「あんまりウロウロしないのよ?」

火葬を待つ

由美の苦言を無視し、ぼくは火葬場内をうろつくことにした。とはいえ、たしかにあまりふらふらするのは褒められた行為ではない。仕方がなく、ぼくは一通り見てまわると、係員に喫煙所の在り処を尋ね、一服することにした。

火葬場の奥にある扉を開けると、そこは裏口になっているようで螺旋《らせん》階段があり、踊り場に小さなスタンド灰皿が備え付けられていた。煙草を咥えると、扉が開き、隣に人が並んだ。横目で見てみると、佐知子だった。

「なんだ、さっちゃんか」
「なんだとは失礼じゃない。お腹いっぱいになったからね」
「わかる。ぼくは食べてないけど」
「エビフライ、美味しかったよ？　あれ、どこのお弁当なんだろう」

佐知子と並んで、くだらない会話をしながら、ゆっくり一服した。立地的に風が強いのだろうか、吐き出した煙はすぐに消えていく。

「二時間って、相当長くない？　正直、待ってらんないよね」

どこかからセミの鳴き声が聞こえてくる。それほど暑くはなかったものの、ワイシャツとネクタイで締められた首元は風通しが悪く、額にじんわり汗が滲むのがわかる。

「おじいちゃん、死んじゃったね」

まるで天気の話題を口にするように、なんの感情も乗っていないような声で、佐知子が呟いた。

「うん」

なんて返事をしたらいいのかわからず、ぼくはただ頷くだけだった。それっきり、佐知子は黙り込んでしまった。

ぼくはそっと佐知子の様子を窺った。その横顔を見た瞬間、周囲から音が消えた。

佐知子は、静かに泣いていた。

白目が真っ赤に充血し、大粒の涙が次から次へとこぼれてくる。佐知子がこんな風に泣くところを見るのは、初めてだった。驚きのあまり、声が出ない。喉がカラカラに乾き、煙草の煙が染みるようだった。

家族を亡くしたぼくら

「……さっちゃん」

なんとか絞り出した声も、セミの鳴き声にかき消されてしまう。

ぼくが動揺しているのに気づくと、佐知子は涙を拭い、煙を吐き出した。そして、照れ笑いを浮かべる。

「生きてるうちはうるさいなって思ってたし、どうせ会えば喧嘩になるだけだって思ってたけど、死んじゃったらもうなにもできないのよね。あのとき、こうしてればよかったなってことばっかり浮かんできちゃう。こんな日が来るなんて思いもしなかった」

乱暴者ですぐに怒鳴り散らす祖父が大嫌いだった。やることなすことすべてを否定する祖父が疎ましかった。顔を見るたびに、話もしたくない、他人でいたいという感情ばかりが膨らんだ。

でも、祖父に対して嫌な気持ちばかり覚えていたのは、彼になにかを求めていたからなのかもしれない。本当は祖父から与えてほしいものがあって、それが叶わないことに苛立っていたのかもしれない。

ぼくが一体なにを求めていたのか。

それを確かめることはできなくなってしまった。だって、もう祖父はいないのだから。

これが、家族を亡くすということなんだ。

当たり前の事実を痛感したとき、ぼくは、祖父が亡くなってから初めて涙を流した。祖父の喪服の袖口で目元を拭い、必死で堪えようとしても、そんなのお構いなしにどんどん涙はあふれてくる。

「あら、あんたも泣いちゃった」

佐知子はぼくを茶化すように笑い、皺くちゃのハンカチで乱暴にぼくの顔を拭いた。

「ちょ……痛いよ」

「それ、貸してあげるから。そろそろ行こ」

そう言って、佐知子はさっさと館内に戻ってしまった。佐知子に借りたハンカチは、ちょっときつい香水の匂いがした。

祖母の骨上げ

ひとりでもう一服してから、待合室に戻ると、みんな待ちくたびれている様子だった。でも、早く祖父の火葬が終わってほしいかというと、そんな雰囲気でもなかった。それを永遠に待っていてもいい。誰も彼もがそう思っているようにも見えた。

しばらくすると、ようやく係員が呼びに来た。和室の襖をノックされる音がすると、全員が一斉にそちらを見た。誰かの息を呑む音が聞こえるようだった。

「そろそろご移動をお願いいたします」

係員の誘導に従い、火葬炉の前に集まる。

みんなが見守るなか、火葬炉が厳《おごそ》かに開けられた。なかからゆっくりと祖父が引き出される。

やはり、生前のうちに体はボロボロになっていたのだろう。骨はスカスカで、これが祖父の軸を成していたものだとは信じられないほどだった。見下ろしていると、ほんのりとした温かさが肌を撫でる。骨だけになったというのに、まるで祖父の体温を感じているみたいだった。

「それでは、骨上《こつあ》げをして差し上げてください」

係員がぼくと祖母に箸を手渡した。これを使って、祖父の骨を骨壺に納めるのだ。

でも、祖母が首を振る。

「おばあちゃん？　どうしたの？」

「できないよ。おじいちゃんのお骨を納めるなんて、できないよ」

祖母は箸を放り投げ、嫌だ嫌だと首を振る。よく見ると、震えながら泣いているようだった。

「これでお別れなんだから、ちゃんとしてあげよう。ね？」

「そうよ、あんまり迷惑かけないで」

伯母たちが口々に言う。けれど、祖母は一向に動かない。

「おじいちゃんとさよならするなんて、そんなこと、したくないんだよ」

伯母たちが聞こえよがしにため息をつく。ぼくはそんな祖母の手を、そっと握った。

祖母にとって、祖父がこんなに大切な存在だったなんて、想像もしていなかった。ぼくの記憶のなかにあるふたりは、いつだっていがみ合い、ときには祖父が祖母にひどい暴力を振るうこともあったからだ。

しかも、祖父は外に愛人も作っていた。

その原因はわからない。耳の聴こえない母を生んだ自責の念から祖母が宗教にハマり、妄信的になってしまったからかもしれない。あるいは、祖父自身がもともと浮気性だったのかもしれない。

でも、理由なんかどうだっていい。祖父は祖母以外の女性に愛情を注ぎ、家庭を顧みないことがあったのは揺るぎない事実だ。

愛人、憎悪、軽蔑

小学生の頃、週末になると、ぼくと両親、祖母の四人でしょっちゅうドライブをしていた。

祖母は自然を見るのが大好きな人だったので、山の奥まで車を走らせたり、港から海を眺めに行ったりした。祖母と一緒に見た、水平線に沈む夕日はとても美しくて、いまでもその光景が目に焼き付いている。

それはまだ日が長い季節だった。夕方といえど外は明るくて、港のあたりを流すように運転する車の後部座席で、祖母がぼそっと呟いた。

「このお店、おじいちゃんが愛人に出させたスナックなのよ」

そこは港にほど近い飲み屋街だった。ほとんどの店のシャッターが下りている、寂れた一角だ。目の前にあったのは、錆びついたシャッターが完全に下りきった店だった。看板の文字はかすれていてほとんど読めない。潰れてだいぶ経つのだろう。

「……それ、本当？」

ぼくが問いかけても、祖母はそれ以上口を開かなかった。窓から外を見ている横顔には、悔しさと寂しさが入り交じっているように見えた。

祖母の胸中はいかばかりだっただろう。

いま思えば、それがきっかけとなり、ぼくのなかに祖父への憎しみと軽蔑が生まれたのかもしれない。祖母と祖父との間に深い溝があることにも気がついた。その後、あの暴行事件が起き、祖父への否定的な感情がくっきりとした輪郭を成した。

「おばあちゃん、離婚したっていいんじゃないの？　お父さんお母さん、ぼくと、四人で暮らそうよ」

中学生くらいの頃、ぼくは祖母にこう言ったこともあった。祖母は「大丈夫よ」と笑うだけだった。笑顔の意味は、わからなかった。

愚かな愛と決めるもの

でも、こうして祖父との最後のときを迎えた祖母を見ていると、あの日の笑顔がなにを意味していたのか、少しだけわかる気がした。祖母はやはり、祖父を愛していたのだろう。

それは共依存と呼ばれる関係なのかもしれない。どんなに憎んでいても、離れられない。近づけば近づくほど傷つけ合うのに、互いを見捨てることができない。それは他者にとっては信じがたく、愚かともいえる関係だ。

それでも、祖母が祖父に抱く愛情を否定することなんて、誰にもできない。ふたりの間には、ふたりにしかわからない感情が漂っていたのだ。

骨を前に、祖母の震える手を握りしめ、ぼくには見えていない感情があったのだと悟った。

「おばあちゃん、一緒にやろう？」

耳元でゆっくり、正確に囁くと、祖母がぼくを見上げた。皺だらけの顔を歪ませ泣いている、その背中をさする。

祖母がゆっくり、箸に手を伸ばした。周囲から安堵のため息が漏れた。こころなしか、係員も安心しているようだった。

祖母と同時に祖父の骨を摑む。けれど、なかなかうまくいかない。摑み上げようとしても、箸の間をすり抜けてしまう。祖母のせいではない。気づけば、ぼくの手が震えていた。

怖い。

祖父を骨壺のなかに納めるのが、怖くて仕方ない。祖父が死に、せいせいしたと思っていたのに。ざまあみろとすら思っていたのに。身近な人を死の向こう側へ追いやることに、ぼくは躊躇していた。

両親や伯母たちの視線を感じると、脇の下に汗が滲んでくる。なんとか摑み上げ、骨壺に落とすとカサッと軽い音がした。

その後はスムーズだった。

ぼくと祖母以外の家族は、みんな淡々と骨を摑み、骨壺へ納めていく。

一通り骨がなくなると、最後に係員がチリトリのようなものでホコリを集めるように、細々した祖父のかけらを集め、骨壺へと落とした。

祖父がいなくなった台車の上には、一緒に入れていた硬貨が変色して残っていた。みんな、それを拾っている。

「これ、お守りにしなさい」

佐知子がぼくに十円玉をくれた。ぼくはそれを佐知子のハンカチに包み、ジャケットの胸ポケットにしまい込んだ。

幼い三姉妹

遺骨を持ち帰ると、祖父の部屋にそれを置き、みんなで最後のお祈りをあげた。ぼくも祖母や由美、康文を見習って、手を合わせた。目を閉じると、力強い祈りの言葉が鼓膜を震わせる。祖父はどんな気持ちでこれを聞いているのだろう。

最後のお祈りが終わると、葬儀業者と香典返しや支払いについての確認をした。それが済むと、葬儀業者は「まだお若いのに、お疲れさまでございました」と頭を下げた。ぼくもつられるようにお辞儀をする。

「ぼく、ほとんどなにもしてませんけどね」
「いえ、立派でしたよ。おじいさまも喜ばれていると思います」
「そうだといいんですけど」
「では、失礼いたします」

そう言って、葬儀業者は帰っていった。

リビングに戻ると、伯母たちがお茶を飲みながら雑談していた。ようやくひと仕事を終え、誰も彼もどことなくホッとしているようだ。

「そうだ、おじいちゃんのもの捨てちゃう前に、形見分けしないと」

由美が立ち上がる。それに続くように、佐知子や母も立ち上がり、祖父の部屋へと向かう。ぼくもそっとついていくと、みんな、祖父が遺した想い出の品を譲り受けようとしているようだった。

「さっちゃん、私これもらってもいい？」

「じゃあ、私はこれにするわ」

ぼくの目の前で、佐知子も由美も母も、幼い三姉妹に戻ったかのようだった。時折笑い合いながら、祖父の部屋にあるものをひっくり返している。

「大ちゃんもなにかもらっといたら？」

特に欲しいものが思い浮かばなかった。

「ううん。ぼくは大丈夫」

形見分けも終わると、佐知子も由美も、それぞれの家族とともに帰っていった。途端に家中が静かになる。陽が傾きはじめていて、リビングに夕日が差し込んでいた。

けれど、まだ喪服を脱ぐことはできなかった。葬儀に来られなかった人たちが、次々に弔問にやって来た。ときに祖母や母と一緒に、ときにぼくひとりで対応し、結局、最後の弔問客が帰った頃には二十一時を過ぎていた。

玄関の明かりを消し、ネクタイを解くと、母が「お疲れさま」とやさしく笑ってくれた。

――本当に疲れたよ。

――ご飯できてるからね。

母が用意してくれたのは、なんてことない料理ばかりだった。けれど、祖父が死んでから、初めて美味しいと感じた。里芋の煮っころがしの滋味深さも、味噌汁の温かさも、炊きたてのご飯のほのかな甘さも、すべてが染み渡った。ものすごい勢いで食べ、お代わりをすると母がうれしそうに相好を崩した。

夕飯を食べて、お風呂に浸かると、あっという間に瞼が重くなった。リビングでテレビを観ていても、目を開けていられない。見かねた母が、「そろそろ寝なさい」と笑った。

——そうする。おやすみなさい。

——おやすみ。

明日は母と一緒に諸々の手続きで役所や水道局、銀行まで出向かなければいけない。慣れないことだから時間もかかるだろう。ゆっくり休んでおいたほうがいい。ぼくはベッドに入ると、余計なことを考える暇もないまま眠りに落ちていった。

言葉にならない言葉

深夜、トイレに行きたくなって目が覚めた。

一気に疲れを感じたのか、気怠さのある体を引きずるようにして階段を降りると、祖父の部屋から人の気配がした。なにやらぶつぶつ呟く声がする。

足の裏が急に冷たくなる。湿度を含んだ闇のなかで、息苦しさを覚える。

意を決して祖父の部屋を覗き込んだ。

母だった。

祖父の遺影と遺骨を前に、手を合わせ、言葉にならない言葉で祈りを捧げていた。そっと近づき、母の肩に手を置く。振り向いた母の顔は強張っていたが、ぼくの姿を確認するとホッと緩んだ。

——どうしたの？

母が尋ねる。

——トイレ。お母さんこそなにしてんの。

——眠れなくて。

——そっか。

こころなしか、母の目は赤く染まっていた。泣いていたのかもしれない。

――お茶でも飲む？

母に訊かれ、ぼくは頷いた。

リビングに小さく明かりを灯し、母と向き合うように座った。母は冷蔵庫から麦茶を取り出すと、グラスに注いでくれた。丁寧に氷まで入れてある。カラカラと音を立てながら、一気に飲み干した。

母はグラスを揺らしながら、喋ろうとしない。時折、視線が祖父の部屋へと向く。

――おじいちゃんがいなくなって。

ぼくが手を動かすと、母はじっと見つめる。妙に緊張して、ぎこちなくなってしまう。

――おじいちゃんがいなくなっちゃって……、やっぱり寂しい？

当たり前だ。いまさらなにを訊いているんだろう。こんなとき、気の利いたことが言えない自分のことが嫌になる。

母は一拍置いて、ゆっくり手を動かした。

――そりゃあね。

――ぼくは、よくわからない。

――どうして？

祖父のことが嫌いだった。

いつからか、家族だなんて思えなくなっていた。

いなくなればいいと、何度も思った。でも、いざいなくなってしまうと、その気持ちのやり場も同時に失ってしまい、消化不良な想いが沈殿していくのを感じた。いま、祖父に対してなにを思っても、それが届くことはない。もうなにもできないのだ。

――おじいちゃんのこと、嫌いだったから。でも、いまはよくわからない。

ぼくが素直に打ち明けると、母は眉尻を下げた。そして、ぼくに伝わるように、ちゃんと伝えるように手を動かした。

――おじいちゃんには、たくさん苦労をさせたと思う。私の耳が聴こえないから、しなくてもいい苦労をいっぱいしたと思う。どうすれば治るんだろうって、いろんな病院にも連れて行かれたの。でも、治らなくて、それがわかったとき、おばあちゃんと一緒にがっかりしたと思う。

――そんなの、仕方ないじゃない。

――うん。でも、昔はそれがわからなかったから。ただね、それからは常に気にかけてくれたんだよ？　聴こえないことで近所の子たちから馬鹿にされることもあったから、なるべく人前に出ないようにって。

――それって、おじいちゃんのなかにも差別があったってことじゃないの？

――もしかしたら、そうかもしれない。でも、私を守ろうとしてくれていたことは嘘じゃないと思うよ。だから、おじいちゃんには本当に感謝してる。

母は目の前で涙を流しはじめた。あたりは静まり返っていて、母の流す涙の音さえ聞こえてくるようだった。

——だから、おじいちゃんがいなくなって、すごく寂しい。もう一度、おじいちゃんに会いたい。

子どもみたいに泣きじゃくる母を、ぼくは無言で見つめていた。時折、溶けた氷がカランと音を立てた。母が泣き止むまで、ぼくらはただそこに座っていた。

東京へ

翌日、朝から市内を駆け回った。昨晩、あんなに泣いていた母もケロッとしていて、「次は市役所ね」「その後は銀行にも行かなくちゃ」と、やたらと精力的だった。

書類に不備があったせいでぼくらはたらい回しにされ、すべての手続きが終わったのは夕方になる頃だった。

その足でぼくは仙台駅へと向かった。忌引き休暇は今日が最後。明日からは仕事に復帰しなければいけない。

結局、ゆっくりする暇なんてなかった。母が仙台駅までついて来てくれて、一足先に仕事に復帰していた父もわざわざ見送りに駆けつけてくれた。

――気をつけてね。いろいろありがとう。

改札の向こうで母が手を振っている。その隣で父は仏頂面をしている。

――じゃあね。おばあちゃんにもよろしく。

挨拶を適当に交わし、飲み物を買って、新幹線に乗り込んだ。指定席に座ると、肺の奥のほうから重いため息がこぼれた。

「疲れた」

思わず声が漏れてしまう。

新幹線が動き出すと、仙台の街並みが流れていく。ビルの明かりが横に流れ、線を成す。

次、ここに来るのはいつになるだろう。それはだいぶ先になるような気がして、ぼくは目を閉じた。

Chapter 5

父の愛

〝ふつう〟の日常

東京に戻れば、すぐに日常に飲み込まれていくのだと思っていた。仕事は相変わらず忙しく、こちらの事情なんかお構いなしに進んでいく。その流れに乗り遅れないように必死でしがみつくのも変わらない。

けれど、ふとしたときに、自分でも想像していなかったほどの喪失感に襲われた。同僚と笑顔で話しているとき、機嫌よくメールを返しているとき、取材した飲食店の原稿を書いているとき、そういう何気ない瞬間に「祖父が死んでしまったのに、ぼくはなにをしているんだろう」という想いが芽生えてくる。

正直、戸惑った。

祖父の葬儀から数カ月は、心にぽっかり空いてしまった穴を見つめ、どうにかそれを埋めようと頑張った。こんなに寂しさを感じている自分が不思議で仕方なかった。

けれど、半年ほど過ぎれば、次第に慣れていく。

心から笑えるようになり、祖父の死が過去の出来事になりつつあることを感じた。申し訳ないとも思いつつ、忘れることで人は生きていくのだと自分を肯定した。

そのうち、心の穴は完全に塞がっていた。

祖父の死が過去の点になり、日常生活を取り戻すと、ぼくは以前と変わらず、家族のことを忘れるように仕事に勤しんだ。

祖父が不在になってしまった実家には、認知症のある祖母と、耳の聴こえない両親だけがいる。その状況について考えだすと不安できりがない。

だから、それを一生懸命に忘れようと、ぼくは仕事に打ち込んで見ないフリをしはじめた。

でも、平穏に生きていきたいというぼくの願いも虚しく、その都度、問題は起きた。祖母の認知症は進行し、伯母たちが続けて入院した。そして、東日本大震災が発生した。

震災発生当時、ぼく以外の家族は、被災地で生活していた。生まれ故郷が地震と津波に襲われたことを知ったとき、ぼくは家族の死を覚悟した。後悔さえした。どうしてぼくは、彼らの側にいないのだろう。意味のない問いかけを繰り返した。

結果として、家族は全員無事だった。

その後、何度も実家に戻ることを考えた。家族の側にいて、支えてあげるべきなのではないか。それがぼくの役割ではないのか。

けれど、東京に留まった。それはやはり、〝ふつう〟でいたいという気持ちが強かったからだ。ややこしい家族に振り回されることなく、〝ふつう〟の人生を歩むんだ。そんな気持ちだけをコンパスにして、ぼくは「ぼくだけの人生」を突き進もうとしていた。

父、倒れる

祖父の死から三年が経つ頃だった。ぼくは物書きとしてさらなる経験を積むために、編集プロダクションに転職していた。仕事はますます忙しくなり、家族のことを顧みる時間なんてほとんどなかった。

「大ちゃん！　お父さん、倒れちゃったの！」

仕事中にかかってきた一本の電話。相手は佐知子の二番目の娘である、茜だった。茜の言葉の意味をうまく咀嚼できなかった。事務所の廊下に出て、もう一度聞き直す。

「え、ちょっと待って、なに？」

「だから、大ちゃんのお父さん、倒れたの！　くも膜下出血で、これから緊急手術をするって！」

くも膜下出血という単語を聞いた瞬間、鼓動が速まった。もしかしたら、このまま父も、祖父のように死んでしまうかもしれない。たとえ助かったとしても、後遺症により、これまでのような生活が送れなくなる可能性もある。決して楽観視はできない。

「危ないの⁉」

「成功するかどうかわかんないみたい」

「そんな……」

「だから、すぐに帰ってきて！」

電話の向こうで、茜は悲痛な声をあげていた。それだけで父が非常に危険な状況にあることがわかる。「わかった」と電話を切り、ぼくは上司に駆け寄った。

でも、なにも言葉が出てこない。

「あの……父が……」

上司が訝しげな表情を浮かべ、ぼくを見ている。事務所にいた先輩たちも怪訝そうにしている。

「どうした？」

「父が、倒れたって……、くも膜下出血って……」

郵便はがき

141-8205

おそれいりますが
切手を
お貼りください。

東京都品川区上大崎3-1-1
株式会社CCCメディアハウス
書籍編集部 行

CCCメディアハウス　書籍愛読者会員登録のご案内
＜登録無料＞

本書のご感想も、切手不要の会員サイトから、お寄せ下さい！

ご購読ありがとうございます。よろしければ、小社書籍愛読者会員にご登録ください。メールマガジンをお届けするほか、会員限定プレゼントやイベント企画も予定しております。
会員ご登録と読者アンケートは、右のQRコードから！

小社サイトにてご感想をお寄せいただいた方の中から、毎月抽選で2名の方に図書カードをプレゼントいたします。

■アンケート内容は、今後の刊行計画の資料として利用させていただきますので、ご協力をお願いいたします。
■住所等の個人情報は、新刊・イベント等のご案内、または読者調査をお願いする目的に限り利用いたします。

愛読者カード

■本書のタイトル

■本書についてのご意見、ご感想をお聞かせ下さい。

※ このカードに記入されたご意見・ご感想を、新聞・雑誌等の広告や
弊社HP上などで掲載してもよろしいですか。

はい（実名で可・匿名なら可）　・　いいえ

ご住所	□□□-□□□□　☎　―　―		
お名前	フリガナ	年齢	性別
			男・女
ご職業			

なんとか絞り出すと、上司が血相を変えて、「いますぐ帰れ！　仕事の心配はするな！」と言ってくれた。その声に押されるように、ぼくは荷物をまとめて事務所を飛び出した。

着替えを取りに戻っている暇なんかなかった。一秒でも遅れたら、二度と父に会えなくなるかもしれない。もしかしたら、もう間に合わないのかもしれない。

父が死んでしまう。

また、家族がひとりいなくなってしまう。

想像なんてしたくないのに、頭のなかが最悪のシーンで真っ黒に埋め尽くされていく。新幹線に乗っている間も、居ても立ってもいられなかった。

「いま、新幹線乗ったよ！　なにかあったら、すぐに連絡して！」

茜にメッセージを送ると、すぐに返信が届く。

「わかった。いま、手術中でみんな集まってる。××病院だからね」

携帯電話を祈るように握りしめる。手に汗が浮かび、何度もシャツで拭った。

まだか。

まだか。

一時間半もあれば着く距離なのに、これまでで一番長く感じた。

緊急手術

仙台駅に到着したのは、二十二時をまわった頃だった。

ホームに降り立つと全速力で改札を抜け、タクシープールへと急ぐ。季節は春で、夜はまだ肌寒いというのに、ぼくは汗だくになっていた。

タクシーに乗り、運転手に「できるだけ急いでください」とお願いする。運転手がなにか話しかけてきたが、ほとんど耳に入ってこなかった。

病院に着くと、佐知子と由美、茜がぼくを待ち構えていた。

「大ちゃん！」

「お父さんは⁉」

挨拶もせず、ぼくは叫ぶように問いかけた。

「大丈夫、きっと大丈夫だから」

伯母たちが口々にぼくを励ます。その声を聞きながら、待合スペースに急いだ。

途中、ぼくは茜に事情を訊いた。

「連絡ありがとう。お父さん、いつ倒れたの？」

茜も不安そうな表情を浮かべ、答えた。

「昨日の夜から頭痛がひどかったんだって。でも頑なに病院に行こうとしなくて」

「お父さん、病院嫌いだから。でももう歳なんだし、なにかあってからじゃ遅いのに……」

「うん。それで今朝になっても頭痛が治らなくて、そのうちどんどんひどくなってきて倒れちゃったみたい」

「そんな……。大丈夫なのかな」

「夕方からずっと手術してるけど、まだ終わらないの」

茜と話しながら待合スペースに向かうと、康文と仁美、舞に囲まれ、ベンチに座っている母が見えた。ぼくが大きく手を振ると、母は不安そうな顔で立ち上がった。

――お父さん、倒れちゃった。

――うん、全部聞いたよ。

――お父さん死んじゃったら、どうしよう……。

母はいまにも泣き出しそうな顔をしている。ぼくは母を座らせて、その隣に腰掛けた。

――大丈夫。お父さんは助かるから、なにも心配いらないよ。

ぼくの言葉で母が安心したのかどうかはわからない。むしろ、ぼくは、ぼく自身が求めている言葉を吐き出しただけなのかもしれない。

母の手を強く握りしめた。母はそれを弱々しく握り返す。そんなぼくらを、佐知子や由美が心配そうに見守っていた。

手術は深夜一時過ぎに終わった。廊下の奥から、数人の足音とベッドを押す音が聞こえてきた。

医師と看護師、そして眠っている父だった。

ぼくらは一斉に立ち上がる。すると医師が「成功しましたよ」と告げた。その言葉を聞いた瞬間、力が抜けた。膝から崩れ落ちそうになり、なんとか踏ん張る。

安堵しているぼくらの横で、母がひとりだけ心細そうな表情をしている。耳が聴こえない母には、医師がなんと言ったのか伝わっていないのだ。

ぼくは母に向き合い、右手の手のひらを左胸から右胸へとゆっくり動かした。

――大丈夫。

それを認めた母は、両手で顔を覆い号泣した。肩を大きく震わせ、嗚咽を漏らしている。背中をさすっても、なかなか泣き止もうとしない。

どれほど不安だっただろう。

耳が聴こえないせいで状況もうまく把握できず、ただひたすら父の無事を祈る。いまのいままで、母は父を失うかもしれないという恐怖と、それにたったひとりで耐える孤独とを背負っていたのだ。けれど、それを背負うには母の背中は小さすぎる。ぼくはもらい泣きしそうになりながら、ずっと母をさすり続けた。

母の事情を知ってか知らずか、医師も看護師も、母が泣き止むのを静かに待ってくれた。

やがて母は目元を拭うと、うまく発音できない声で、「ありがとうございます」と頭を下げた。くぐもった声で、何度も何度もお礼を述べた。

医師はそんな母の目を見て、「もう、だいじょうぶ、ですからね」と、一音ずつ区切るように、ゆっくりと発音してくれた。それを見て、母は再び泣き出してしまった。

父を見舞う

翌日から母は、毎日のように父のお見舞いに通いはじめた。洗濯したての着替えと、父が好きな漫画雑誌やお菓子をバッグに詰め込み、電車で二十分ほどの病院まで足を運ぶ。

ぼくも何度かついて行ったが、父は驚くくらい元気そうだった。母が用意した雑誌を読みながら、「よお」と手をひらひらする姿を見ていると、思わず拍子抜けしてしまう。

――元気そうじゃん。心配したんだから。

皮肉交じりにそう言うと、父はわざと傷跡を見せてきて、痛がるジェスチャーをしてみせる。

――いや、まだ痛いんだよ。大変なんだぞ？

――はいはい。

そんなぼくと父のやりとりを、母はうれしそうに見つめていた。

お見舞いの帰り道、ぼくは母に尋ねた。

――あれだけ元気なら、毎日行かなくてもいいんじゃない？　お母さんも大変でしょ？

すると母は「なにを言ってるんだ?」とでも言うように目を丸くし、大げさに手を動かす。

——お父さん、寂しがるでしょ。毎日行ってあげなきゃ可哀想よ。

——まあ、お母さんが納得してるならいいけどね。

もうほとんど心配はなかった。医師の話によれば父に後遺症は残らなそうだったし、食欲も旺盛だ。退院も間近だろう。

けれど、なにがあるかわからない。それに祖母をひとりで留守番させておくのも不安だ。ぼくは父が退院するまでは実家で過ごすことにした。

仕事は遠隔でもできるため、なにも問題ない。とはいえ、取材に行くことはできないので、やれることが限られてしまう。暇を持て余したぼくは、生まれ故郷をふらふら散歩したり、母に代わって家事をしたり、祖母と話をしたりして時間を潰していた。

この頃の祖母は足腰が弱ってしまい、自由に歩き回ることが困難になっていた。伯母たちや近所の友人が定期的に顔を見に来てくれるが、それも毎日というわけにはいかない。なんとなく可哀想に思い、ぼくは積極的に祖母とコミュニケーションを取るようになっていった。

祖母の昔がたり

父が入院して二週間が経った頃だろうか、なんの気なしにぼくは祖母に話しかけた。

「お母さんもよく飽きずに、ああして毎日お見舞いに行くよね」

すると祖母がはっきりと口にした。

「お母さんは、お父さんのこと大好きだからね」

こっ恥ずかしいことを急に言い出したなと笑っていると、さらに祖母が続ける。

「だって、あのふたり、若い頃に駆け落ちしたんだから」

「え、それ本当？」

「本当よ」

突然の告白にぼくは驚き、思わず祖母を二度見してしまった。

祖母は認知症でつい最近の出来事は忘れてしまう割に、昔のことは鮮明に覚えていた。きっとこのエピソードも本当のことなのだろう。

「おばあちゃん……、お父さんとお母さん、どうして駆け落ちしたの？」

ぼくが問いかけると、祖母は昔を懐かしむように目を細めながら話し出した。

＊＊＊

「大ちゃんのお母さんとお父さんはね、通っていたろう学校の同級生だったのよ。なにがよかったんだか、聴こえない同士わかり合うところがあったのかねぇ、すぐに仲良くなってお付き合いをはじめたのさ。

学校を卒業してからは、ふたりとも就職してね。お母さんは裁縫工場、お父さんは塗装工になった。あぁ、ふたりはこのまま結婚したいんだなってすぐにわかったよ。

でも、ばあちゃんもおじいちゃんも、ふたりの結婚には反対だった。どうしてって？　そりゃあ決まってるじゃない。ふたりとも障害者だったからだよ。

耳の聴こえない者同士が一緒になって、幸せになれると思うかい？　絶対に苦労する。ばあちゃんが生きているうちはいいさ。でも、ばあちゃんもおじいちゃんも、いつかはいなくなる。そうなったとき、誰がふたりのことを支えてあげられるのさ。だから、絶対に許すつもりはなかったんだよ。

あれは、ふたりが二十歳を過ぎた頃だったかな。仕事が終わる時間になっても、お母さんが帰ってこなかったのよ。事故に遭ったのか、もしかしたら誘拐でもされたのか、おじいちゃんと一緒になって探したんだけど見つからなかった。もしかして……と思って、お父さんの実家まで足を運んでみたら、同じようにお父さんも行方不明になってたの。それでわかったんだよ。ふたりは駆け落ちしたんだなって」

母と父は東京へ逃げていた。なんのあてもなく、仕事先だって見つけられるかわからない。それでも逃げ出した母と父の気持ちは、ぼくなんかに想像できるわけがなかった。どれだけつらかっただろう。自分たちではどうしようもない障害を理由に、仲を引き裂かれてしまうなんて。あまりにも残酷ではないか。

「おじいちゃんの知り合いを頼って、一生懸命探したの。結局、東京にいることがわかって、ばあちゃんとおじいちゃんでふたりを説得した。誰にも頼れない東京で暮らしていくくらいなら、まだ地元にいたほうがマシでしょう？　結婚も認めるから、帰ってきなさいって言ったときのお母さんの表情は忘れられないね。

ただし、それでもひとつだけ条件をつけたんだよ。子どもは作らないようにって。もしも子どもまで障害者だったら、一体どうすればいいと思う？　これ以上苦労はしてほしくない。だから、それだけは約束させたんだよ。

でもね、それがどんなに酷なことだったか。佐知子と由美にそれぞれ子どもができて、姪っ子を抱っこしているときのお母さんは寂しそうな顔をするんだよ。それを見て、『あぁ、本当は子どもが欲しいんだな』って、ばあちゃんは申し訳ないことをしたって思ってね。ひとりだけなら、と思って、ふたりに子どもを作ることを許可したの。結婚して十年目か、ようやく生まれたのが大ちゃんだったんだよ」

幸いにもぼくは耳が聴こえる状態だったため、祖母も祖父も胸をなでおろしたという。ただし、次はどうなるかわからない。母も父も二人目を望んだが、それは許されなかった。

ここにいる、ぼく

「だから……ぼくはひとりっ子なんだ……」

祖母の話を聞いているうちに、頭が大きく揺さぶられるような感覚に陥った。目眩がするようだ。いつも笑っている母にそんな過去があったなんて。

同時に、祖母や祖父に対し怒りが湧いた。ただし、障害者への理解が進んでいなかった当時を思うと、祖母も祖父も責められないとも思った。彼らもまた苦しんだのかもしれないのだから。

話し終えた祖母は懺悔しているようにも、後悔しているようにも見えた。けれど、ぼくはなにも聞き返さなかった。祖母の話をどう受け止めたらいいのかわからなかったのだ。

ただ、ひとつだけわかったことがある。それは母と父にとって、ぼくが待望の「家族」だったということだ。

無知による偏見によって結婚を反対され、どうにかそれを認められたと思えば、今度は子どもを作ることを反対される。

母と父の周りにはいつだって自分たちを肯定してくれる「味方」はいなかったのではないだろうか。それなのに、ふたりが愛情を注いで育てた子どもであるぼくまでもが、彼らを否定してしまったら……。

若き日の母と父の姿を想像すると、胸がぐしゃぐしゃに潰れてしまいそうだった。母が父のことを愛しているのも当然だ。父が母のことを愛しているのも。そして、ふたりがぼくのことを愛してくれているのも、疑いようのないことだろう。

だって、ぼくらは家族なんだから。

〝ふつうではない〟環境に生まれ、ずっともがいていたぼくの手のなかにあったのは、ごく〝ふつう〟の小さな小さな愛情だった。

＊＊＊

父は三週間も経たずに退院した。医師が言うようにやはり後遺症はなく、すぐに仕事にも復帰できるとのことだった。くも膜下出血で入院した人のなかでは最短記録での退院だったらしく、医師も驚いていた。

自宅に帰ってきた日の夜、父のリクエストで焼き肉をすることになった。けれど、バタバタしていたので良い肉を用意することができず、近くのスーパーで売られていた安い肉が食卓に並んだ。

それを母、父、祖母、ぼくの四人で囲む。

やはり肉は少し筋っぽいし、焼くとすぐに固くなってしまう。けれど、いままで食べたどの焼き肉よりも美味しかった。母はうれしそうに肉や野菜をどんどん焼いて、父はびっくりするくらい食べた。それを見て祖母は笑い声を立て、ぼくは食べることを忘れるくらい母や父とたくさん話をした。

ぼくと会話しながら、時折、母と父は目を合わせて微笑み合う。それは、幼い頃に見上げていた両親の姿そのままだった。

Epilogue

ぼくと両親

不器用な愛

父が無事退院できたこともあり、ぼくは東京へ戻ることにした。電車で仙台駅まで向かおうとするぼくに、父は「送っていく」と譲らない。せっかくなので甘えることにした。

駅に向かう車のなかでは母が「次はいつ来るの？」「仕事頑張ってね」と矢継ぎ早に話しかけてくる。せわしなく動く手を見ていると、思わず笑ってしまう。その横で、父は仏頂面でハンドルを握っている。

一通り母のお喋りが終わると、ぼくは携帯電話を手に取った。佐知子や由美たちにちゃんとお礼できていない。車の振動に揺られながら、ふたりの伯母にそれぞれ電話をかけた。いろいろと心配させてしまったことを詫びつつ、あらためてお礼を言った。

由美からの「元気になってよかった。でも、お母さんもお父さんもいい歳なんだから、大ちゃん、そのうち帰ってきてあげなさいよ？」という言葉に苦笑する。相変わらず真面目で、責任感の強い人だ。

一方、佐知子はあっけらかんとしていて、「あら、もう帰るの？　じゃあ、今度はこっちから遊びに行くわ。東京案内してよね」と豪快に笑う。佐知子も佐知子で、変わらない。

バックミラー越しに父と目が合う。父はすぐに目をそらしてしまう。いつもぶすっとしていて、なにを考えているかよくわからない。ほとんどの人が父に対してそういう印象を抱くだろう。佐知子や由美がそう言っているのを聞いたこともある。

でも、本当の父はとてもやさしい人だということを、ぼくはちゃんと知っている。

父は映画好きな人で、ぼくが子どもの頃、しょっちゅう映画館に連れて行ってくれた。ふたりで観るのは、もっぱら洋画のアクションもの。『ジュラシック・パーク』や『スピード』などを観ては、手に汗握った。

ただし、まだ小学生だったぼくにとって、洋画を字幕で楽しむことは難易度が高い。だからいつも、吹替版を選択していた。

けれど、聴こえない父が吹替版を観ても、内容を完全に理解することができない。

それなのに、父は一度も文句を言ったことがなかった。ぼくを喜ばせるため、いつだってワガママに付き合ってくれていたのだ。

それに気づいたのは、大人になってから。父と一緒に映画を観なくなって、十年以上が過ぎてからだった。

やがて仙台駅に到着すると、父は車を駐車場に停めた。どうやら改札まで見送りに来てくれるらしい。

ぼくの荷物を持とうとする父に、「子どもじゃないんだから大丈夫だよ」と笑いかける。父は相変わらずぶすっとしている。

やはり、父はやさしい。どんなに仏頂面をしていても、ぼくのことを一番に考えてくれる人だ。

切符を購入し、改札前で別れの挨拶をする。同じようにさよならをする人や、再会を喜ぶ人たちで混雑していた。

両親と手話で会話をしていると、横を通り過ぎる人たちの視線を感じた。外で手話を使っていると、こういうことがたびたびある。やはり、ぼくたちは〝ふつうではない〟のだろう。

でも、目の前で笑っている母と、ぶすっとしつつも会話に付き合ってくれる父を見ていると、そんなことがどうでもよくなってくる。

少しずつ弱いぼくたちは

そろそろ時間だ。

——ふたりとも、体に気をつけてね。なんかおかしいと思ったらすぐに病院行って。それと、遠慮しないで、ぼくに連絡してね。

——うん。わかってる。

改札を抜け、なんとなく振り返ってみると、母と父が並んでこちらを見ていた。

「じゃあね」と言いかけて、ぼくは足を止めた。ここは「じゃあね」じゃない。ぼくは足元にカバンを置き、両手を大きく、正確に動かした。

——また、すぐに帰ってくるからね。

それを見て、母がうれしそうに頷いている。その横で、父も手を動かした。

——いつでも待ってる。大、ありがとうな。

その瞬間、父が泣きそうな表情を浮かべたように見えた。まさか、見間違いだろう。そう思っていると、すぐに元の仏頂面に戻ってしまった。

ぼくはなんだか、すっかりうれしくなり、ふたりに向かって大げさに手を振ってみせた。母は歯を見せて笑い、父も僅かに頬を緩ませている。その笑顔を目に焼き付けると、ぼくはホームへの階段を駆け上がった。

次はいつ帰ろうか。新幹線を待ちながら、ぼくは先程まで過ごした実家と、〝ふつうではない〟、ほんの少しずつ弱さを抱えた家族のことを思った。

おわりに

「家族のエッセイを書いてみませんか?」

本書の担当編集者である田中里枝さんに声をかけられたとき、正直、とても戸惑った。ライターとして独立してから、ｗｅｂ媒体で家族のことをちょこちょこ書くようになった。いつかは本を出したい。でも、夢は夢のまま終わると思っていた。そもそも〝ふつうではない〟家族と暮らしてきたぼくに、書けることなんてあるのだろうか。

「ぼくの家族……〝ふつう〟じゃないんですよ」
「それが読みたい。それが知りたいんです」

知りたい、と言われて、すごくうれしかった。家族のことをずっと隠すように生きてきたぼくにとって、それはなによりも心の底から求めていた言葉で、ずっと思い悩んでいた子どもの頃の自分を救い出してくれるような響きだった。

けれど、いざ書き出そうとすると、思いのほか時間がかかってしまった。記憶の蓋をこじ開け、一つひとつの想い出をさらう行為は想像以上にしんどかったのだ。

本書に綴ったのは祖父が亡くなったときと、父が倒れたときの数日間だ。その僅かな期間にも実にさまざまなことが起こった。あらためて読み返してみると、自分の家族のことながらなかなか個性豊かな面々が揃っていたなぁ……と頭を抱えつつも、おかしくなる。

ぼくの家族は、やはり〝ふつうではない〟と思う。それがずっと嫌で仕方なかった。〝ふつう〟の家庭に生まれ、ぼくが感じる生きづらさとは無縁な人たちのことがとても羨ましかった。

聴覚障害者である両親の元に生まれたことで、差別や偏見にさらされることがたびたびあった。宗教を信じる祖母の孫だということで、ぼく自身も「やばい奴」だと噂されることもあったし、元ヤクザの祖父とは折り合いが悪く、その血が流れているぼくもキレやすい子どもだと思われていた。家族のせいで、いつだってぼくには余計な

〝形容詞〟が付けられていた。

ただ、いまでは、〝ふつうではない〟家族の元で生まれ育ったことを、そんなに悪くはないんじゃないかと思えるようになった。それはぼくが大人になり寛容な心を持てるようになったからなのか、ある種の諦めを抱くようになったからなのかはわからない。

本書の制作には、実に大勢の方の力をお借りした。

原稿が書けないぼくを励まし、なんとか書けたものを送ると感想とアドバイスをくれた編集担当の田中さん。笑いと哀しみのバランスを見事にすくい取り、それを反映してくださったブックデザイナーの國枝達也さん。愛情のこもったイラストで、読者が本書を手にするきっかけを作ってくださった漫画家の大橋裕之さん。校正を手掛けてくださった円水社さん。みなさんのおかげで、なんとかデビュー作を完成させることができました。本当にありがとうございます。

また、家族のみんなにもお礼を伝えたい。

亡くなった祖父。数年前にやはり亡くなった祖母。元ヤクザと宗教信者の組み合わせって、いま考えてみても強烈で笑ってしまう。祖父とは喧嘩ばかりで最後までわかり合えなかった。祖母は祖母で、会えばすぐに「お祈りをしなさい」ばかり繰り返すものだから、正直、うんざりしていたこともある。

それでも、ふたりがいなくなったことを哀しむ母を見ていると、その存在がいかに大きいものだったのかを痛感する。かわいい孫ではなかったと思うけれど、遠くから安寧な眠りを願っています。

佐知子と由美。だらしないところがある佐知子には振り回されることもあったし、生真面目で短気な由美とはたびたび衝突した。なんでこんなにアクが強いんだろう……とふたりを見てはため息ばかりがこぼれた。

ただ、障害者の親を持ったぼくのことを常に気にかけてくれていたこと、それだけは揺るぎない事実だと感じている。ぼくが気づいていないだけで、もしかしたらふたりに助けられた場面もあったのかもしれない。それなのに、いつも生意気で申し訳ないです。

そして、母と父。「耳が聴こえない」というどうしようもないことに対し、ときにはつらくあたってしまった。取り返しのつかない罵詈雑言をぶつけたこともあった。

過去のことを思い返してみて、ふたりがどれだけぼくのことを愛してくれていたのか、身に沁みるように感じた。障害がありながら子育てするなんて、どれほど大変なことだっただろう。当時はその苦労がわかっていなかった。いまさらだけど、本当にごめんなさい。

それぞれに〝ややこしさ〟を持った家族一人ひとりのおかげで、ぼくは大切なことに気づくことができた。だからこの場を借りて言わせてください。

みんな、本当にありがとうございました。

＊＊＊

〝ふつうではない〟ことで、大変な想いをすることもある。でも、それは決しておかしいことではない。

〝ふつうではない〟家族のこと、自分のことを否定するのも肯定するのも、自分次第なのだと思う。だったらぼくは、肯定したい。〝ふつうではない〟家族に振り回され、嫌な想いをし、落ち込んでばかりいたあの頃のぼく自身を認めてあげられるのは、誰でもないぼくなのだから。

これから先の人生、ぼくはもう、〝ふつう〟を擬態して生きていかなくても大丈夫な気がしている。

二〇二〇年十月吉日　五十嵐 大

五十嵐 大（いがらし・だい）

1983年、宮城県出身。高校卒業後、飲食店スタッフや販売員のアルバイトを経て、編集・ライター業界へ。2015年よりフリーライターに。自らの生い立ちを活かし、社会的マイノリティに焦点を当てた取材、インタビューを中心に活動する。ハフポスト、「FRaU」(講談社)、「ダ・ヴィンチ」(KADOKAWA)などに寄稿。本書がデビュー作となる。

Twitter：@igarashidai0729

しくじり家族

2020年11月6日　初版発行

著者　五十嵐 大

発行者　小林圭太

発行所
株式会社　CCCメディアハウス
〒141-8205　東京都品川区上大崎3丁目1番1号
電話　販売 03-5436-5721　編集 03-5436-5735
http://books.cccmh.co.jp

校正　株式会社円水社

印刷・製本　豊国印刷株式会社

 ISBN978-4-484-20228-0